Bertha von Suttner

Erzählte Lustspiele
Drei Geschichten zum Zeitvertreib

CLASSIC PAGES

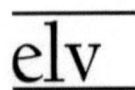

Bertha von Suttner

Erzählte Lustspiele
Drei Geschichten zum Zeitvertreib

Reihe: *classic pages*

ISBN: 978-386267-179-3

Cover: „Dame in Gelb" (1899) von Max Kurzweil

Auflage: 1
Erscheinungsjahr: 2011
Erscheinungsort: Bremen, Deutschland

Europäischer Literaturverlag GmbH, Fahrenheitstr. 1, 28359 Bremen (www.elv-verlag.de).

Erzählte Lustspiele
Drei Geschichten zum Zeitvertreib

www.elv-verlag.de

Inhalt

1. Franzl und Mirzl 1
2. Langeweile 61
3. Ermenegildens Flucht 81

1. Franzl und Mirzl

I.

»Soll ich euch eine Geschichte aus meiner Jugend erzählen?« fragte die lustige, weißhaarige Tante.

»Gewiss, gewiss!«

»Sie kann aber lang werden.«

»Desto besser!«

»So lang, dass ich nach einiger Zeit erschöpft sagen muss: Fortsetzung folgt.«

»Dann versammeln wir uns morgen um dieselbe Stunde bei dir und lauschen deiner Erzählung weiter!«

»Ihr seid wie die kleinen Kinder, ihr erwachsenes Volk! Immer noch so gierig auf mein »Es war einmal« wie vor so vielen Jahren, wo ich euch die alten Märchen von Aschenbrödel und Dornröschen erzählte. Gute Menschen bleiben doch immer Kinder.«

»Wovon du ein lebendes Beispiel bist, Tantchen; wenn es gilt, närrisch und toll sein –«

»Respekt bitte ich mir aus! Ich lasse mich nicht für irrsinnig erklären; am wenigsten von euch – unartiger Affenchor!«

»Und wir fühlen uns durch diese Benennung gar nicht getroffen: wenn man so schön ist wie wir. Denn du wirst doch zugestehen, Tante, dass wir nicht üble Erscheinungen sind – voll Anmut und Zauber. Unser Herr Bruder da, der Leutnant, bricht alle Herzen und wir –«

»Ihr Prachtmädels habt wohl an jeder Fingerspitze einen grausam leidenden Anbeter baumeln? Also hört mir zu; in meiner Geschichte ist diesmal auch von Liebe und allerlei Sentimentalem die Rede. Das sieht mir freilich nicht sehr ähnlich, wie? Schwärmerei, Augenverdreherei, alles was melancholisch und pathetisch ist, das verträgt sich schlecht, meint ihr, mit meiner einfachen und nüchternen Heiterkeit, mit meinem kalten Verstand und gesunden Sinn – mit meinem fröhlichen Gleichmut?«

»Mit deiner kreuzfidelen Lebensweisheit – würde ich's ausdrücken,« schaltete der Leutnant ein.

»Danke. Zünde dir eine Zigarette an, wenn du willst – und ich beginne: Ich war damals vierzehn Jahre alt –«

»Eine Kindergeschichte?« fragte der junge Mann enttäuscht.

»Deine Schwestern werden dir bezeugen, dass wir Frauen, von dem Augenblicke, als wir – wie die Engländer sagen, »in our teens« angelangt sind, keine Kinder mehr, sondern meist Romanheldinnen abgeben. Ohne Julia in Betracht zu ziehen, die sich im Alter von vierzehn Jahren mit Romeo vermählt hat, sind auch die meisten übrigen Jungfrauenknospen, wenn sie gleich äußerlich mit Puppen spielen, innerlich doch von dem Bewusstsein getragen, dass sie voll holdseliger Wichtigkeit sind. Und sie beginnen zu träumen, wie sie es wohl anstellen sollen, um so erhaben und lieblich zu erscheinen, wie es dem hehren Ideal entspricht, als das sie durchs Leben wandeln wollen. In was soll sie sich hineinarbeiten? Geistsprühende Salonkokette? Opfermutige Samariterin? Rege Schaffnerin am häuslichen Herd? Aus Liebesschmerz Dahinsiechende? Unnahbar grausame Männerfeindin? Sie weiß noch nicht recht was – aber ein großer Charakter wird sie werden. Bewunderung, Furcht oder Rührung – je nach Umständen – wird sie einflößen; aber was es immer sei: Sie wird's in hohem Maße einflößen und während ihres ganzen Erdenlaufes.«

»Ist es wahr,' wendete sich der Leutnant an seine Schwestern, »dass ihr alle so unmäßig gänsemäßig seid?« –

»Wir sind schon zwanzig und darüber,« entgegnete die eine, – »während du mit deinen neunzehn Jahren vermutlich in der ärgsten Heldenträumerei versunken bist. Nicht wahr, Tante?«

»Wie soll ich in die Tiefe eines Knaben – pardon: Männerherzens blicken? Da fehlt mir die Erfahrung – ich habe nur die weibliche Gefühlsskala durchgespielt; als junges Mädchen in Moll, als alte Frau in Dur. Jetzt erbitte ich mir aber einige Aufmerksamkeit – stille halten und freundlich schauen, denn diesmal beginne ich unwiderruflich.

In meinem vierzehnten Jahre – ihr wisst, dass ich eine Waise war – lebte ich unter der Obhut meines Vormundes. Die Frau desselben vertrat Mutterstelle an mir, oder versuchte wenigstens es zu tun; es gelang ihr jedoch nicht, sich meine besondere Zuneigung, am allerwenigsten aber meinen Gehorsam und meinen Respekt zu gewinnen. Dazu behandelte sowohl sie, als auch ihr Gatte, das kleine, ohnehin eigenwillig veranlagte Mädchen mit viel zu großer Verehrung. Grund dieser Verehrung war wohl mein sehr bedeutendes Vermögen und mein adeliger Name, die ihnen, den Bürgerlichen, die bisher in bescheidenen Verhältnissen gelebt, so sehr imponierten, dass sie mich wie eine Art Königstochter behandelten, bei der sie eher Hofstaat abgaben, als Elternstelle vertraten. Meine Launen waren Gebot. Dass ich unter solchen Umständen mich nicht zum hoffärtigsten und widerwärtigsten »Rangen« herangebildet habe, ist mir noch immer unbegreiflich, und deutet auf große angeborene Liebenswürdigkeit des Charakters. Bitte, ich verlange im Vorübergehen Anerkennung meiner vortrefflichen Angeborenheit. Einstimmig? Gut. Ich fahre fort.

Meine Erzieherinnen, um es den Pflegeeltern recht zu tun, enthielten sich auch aller Strenge und ließen meine Launen – gewähren. Ich hatte ungeheuer viel Freiheit. Freiheit im Umherlaufen durch Park und Wald; Freiheit besonders im Lesen. Die Bibliothek stand mir offen. Es waren zwar keine schlechten Bücher darin, aber doch eine große Anzahl von Romanen, welche für mein Alter nicht passten. Ich verschlang täglich einen halben Band. Dass ich daraus Schaden gezogen, will ich nicht sagen; aber ich war dadurch im Gemüte um mehrere Jahre früher erwachsen als andere Mädchen und mit vierzehn Jahren fühlte ich mich als ein fertiges Weib, das über seine Zukunft selbstbestimmend verfügen durfte.

Eines Tages – es war im Hochsommer – hatte ich wieder einmal, ohne Erlaubnis einzuholen, einen langen, einsamen Spaziergang unternommen. Wir lebten in einem mir zugehörenden Schlosse, das von einem weiten, großen Park umgeben war. Da ich meine Spaziergänge nicht außerhalb des an den Park grenzenden Waldes auszudehnen pflegte, so hegte man keine Besorgnis um meine Sicherheit. Diesmal aber hatte ich mich doch aufs Feld hinausgewagt und war bis in ein fremdes Dorf gelangt.

Ich hielt einen großen Strauß Feldblumen in der Hand, den ich unterwegs gepflückt – zumeist Mohnblumen. Das passte zu dem roten Ausputz meines Hutes und zu meinem gleichfarbigen Gürtelband. Das hatte ich mir schon so eingerichtet, denn ich war seit jeher eine

Freundin von Farbenharmonien. Von allen Harmonien überhaupt – dieselben sind ja die Trägerinnen dessen, was da gut und entzückend ist: In Tönen heißt's Musik; im Herzschlag – Liebe; im Geistesschwung – Poesie; im Urteil – Gerechtigkeit und in der Gedankenfügung – Weisheit. An jenem Tage aber hieß mein schöner roter Farbenzusammenhang einfach – Stierwut.

Stellt euch vor: Da lustwandelte ich in höchster Lebensfreudigkeit querfeldein; froh, eine so schöne Welt, eine so lange Jugend vor mir zu haben, als plötzlich dieses Gefühl in die schaurigste Todesfurcht umschlug. Von einem Seitenweg in wildem Lauf hervorgestürzt kam ein wütender Stier und – die harmonische Abtönung meiner Toilette vermutlich gewahr werdend, blieb er eine Weile stehen, schüttelte grimmig den Kopf und lief in gerader Richtung auf mich zu.

Von der fürchterlichen Spannung dieses Augenblicks kann ich in meine Erzählung leider nichts übertragen, denn die Schreckensfrage: »Endet's mit dem Tode«, welche auch die Zuhörer einer Geschichte erregen kann, wenn diese in dritter Person erzählt wird, die fällt bei einer Ich-Geschichte gänzlich weg. Ihr wisst, dass ich's erlebt habe; ihr nährt keinen Zweifel, dass, wenn eins von uns beiden seither gestorben – so ist's der Stier.

Sterben, sterben sollen, wenn man so jung ist und ein so herrliches Leben vor sich hat – sterben auf eine so martervolle Art: zerstampft, zerspießt, zerfetzt; in der Gewalt des schnaubenden, brüllenden, fletschenden Ungeheuers, das mit bluttriefenden Augen und Geifer speiendem Rachen in Wut und Wucht auf sein Opfer stürzt. Könnt ihr euch in die Angst versetzen, die mich an den Boden gewurzelt hielt, während der – eine Marterewigkeit scheinenden – zehn Sekunden, die das Tier brauchte, um auf mich zuzulaufen, bis ich unter seinem dröhnenden, heißen Pesthauch mit einem Jammerschrei zusammenfiel –«

»Grässlich!« riefen die andern schaudernd.

II.

Es trat eine Pause ein. Die alte Dame machte gar keine Miene, fortzufahren.

»Aber Tante,« sagte endlich eines der Mädchen, »wie lange willst du denn noch unter der ungemütlichen Bestie liegen bleiben und uns dabei zusehen lassen? Erzähle doch weiter: Wie wurdest du gerettet?«

»Soll ich dir vielleicht helfen, verehrtes Tantchen?« fragte der Leutnant. »Ich würde vorschlagen: Plötzlich fiel ein Schuss und das Ungetüm wälzte sich in seinem Blute.«

Die Tante lachte. »Du glaubst also, dass ich mich einer freien Improvisation hingebe? Dass ich meine Einbildungskraft anstrenge, um euch zu unterhalten? Nein, es ist schon ganz genügend hübsch von mir, dass ich zu diesem Zweck mein Gedächtnis anstrenge – ich erfinde nichts. Mein Stier ist kein Fabeltier. Aber es fiel auch kein Schuss. Es packte mich einfach ein kräftiger Arm und schleuderte mich eine Strecke weit aus dem Bereich meines Feindes. Dieser raste weiter, ohne meinen Retter anzugreifen und ließ sich wo anders einfangen.

Ich war zitternd und halb ohnmächtig auf dem Platze liegen geblieben, wohin ich geschleudert worden; da kam mein Retter zu mir und richtete mich sanft auf. Kinder, ein hübscher Junge war's – ich sag' euch, – hübsch à croquer, zum Aufknacken. Er trug einfache, beinah bäuerliche Tracht, mir erschien er aber blendend wie ein Königssohn –«

»'s ist Ihnen doch nix g'schehn Fräul'n?«

Ich machte eine verneinende Kopfbewegung, denn zum Reden war ich noch zu erschüttert,

»Na, Gott sei Dank! 's wer do schad' g'wesen um so a bildsaubr's Mad'l.« – Denn ihr müsst wissen, ich war nicht übel in meinem Mai.

»Das brauchst du uns bei solchem Prachtoktober nicht erst zu versichern.«

»Schmeichelkater du, gestiefelter – besäbelter!«

»Nur weiter, Tante! Was geschah zunächst? Mir kommt nämlich deine jetzige Lage, in der Gewalt des jungen Bäuerleins, nicht viel weniger gefährlich vor – wenn auch in anderer Art – als diejenige, aus welcher er dich errettete.«

»Warum nicht gar!« rief eine der Schwestern. »Aber so seid ihr Männer – von wilden Tieren zerfleischt werden, das gönnt ihr uns viel leichter, als von euresgleichen – sofern ihr's nicht selber seid – ein Küsschen zu kriegen.«

»Richtig, du hast's erraten, Malwine; das war's, was mir drohte.«

»O Sie lieb's Schatzel – Sie sein ja noch ganz hin vor Schreck, können's denn noch gar nix reden?« Dabei schaute er mich so zärtlich an und hielt noch immer meine Taille umschlungen. Endlich fand ich meine Stimme wieder.

»O mein Retter – mein Retter – mein Retter! Wie soll ich Ihnen danken?«

»Nix zu danken.«

»Was?! Das Leben nennen Sie nichts? Wie Ihnen jemals vergelten! – Was werde ich Ihnen geben können, das nur den hundertsten Teil meiner Schuld abtrüge!«

»Sie san mir nix schuldi. – Und schenken wollen's mir was? Was mer a recht große Freud' machen tät? Nachher schenken's mir a Bussl ... Etwa nit? – Nachher nimm' i mers.«

Und er drückte seine roten Lippen, durch welche blendende Zähne schimmerten, auf die meinen; so herzhaft, so glühend, so lang', dass mir der Atem und schier die Besinnung verging.«

»Nun – hab' ich's nicht gesagt, dass diese zweite Gefahr –«

»Du hast recht, Georg, der Kuss war keine Kleinigkeit, der fiel in mein dummes vierzehnjähriges Herz hinein, wie ein Wetterstrahl in eine Scheune und –«

»Tra – ra!« ahmte Georg die Feuerwehrtrompete nach.

»Zum Glück kam auch jetzt rechtzeitig –«

»Die Löschmannschaft?«

»Ein Wagen dahergerollt, in welchem mein Vormund saß.«

»Wie das alles klappt! Wenn ich deinen heiligen Eid nicht hätte, dass du nichts erfindest –«

»Als ob ein vorbeifahrender Vormund ein gar so fantastischer Meteor wäre! Wie aus den Wolken gefallen war er freilich, als er am Wegerand sein Mündel erblickte, vom Arm eines Bauernjungen umschlungen. Er war jedoch bald mit der Sachlage versöhnt, nachdem ihm die Rettungsgeschichte mitgeteilt worden. An ihrer Wahrhaftigkeit konnte ihm kein Zweifel aufsteigen, weil er soeben durch das Dorf gekommen, in welchem man unter großem Lärm das wütende Tier eingefangen hatte. Es war unter solchen Umständen dem Bauernjungen auch nicht übel zu nehmen, dass er das noch halb ohnmächtige Fräulein mit seinem Arm unterstützte – von dem Kusse hatte der Heranfahrende zum Glück nichts gesehen – und so wurde mein Lebensretter mit gebührendem Lob und Dank überschüttet. Um Namen und Stand befragt, gab er an, dass er Franzi Hubinger heiße, Sohn des Dorfschmiedes sei – zwanzig Jahre alt, und eben zum Militär assentiert worden.

Mein Vormund sagte ihm hierauf auch, wer das Fräulein sei, dem er zu Hilfe gekommen, und gab ihm zu verstehen, dass er auf hohen Lohn Anspruch habe, den er fordern möge.

»Tun's mer den einzigen G'fallen, gnä' Herr, und zahlen's mi nit; sonst is mer die ganze Freud' verdorben. D'Fräul'n hat sich eh' schon bei mir bedankt – und so schön, dass ich's mein Lebtag nit vergessen wer!«

Mein Vormund hatte mich indessen in den Wagen gehoben.

»B'hüat Ihna Gott, schön's Fräul'n« – sagte der Franzl, »lassens mir nur noch a mal Ihnera Hand küss'n.«

»Na, wir sehen uns schon noch,« sagte mein Vormund, »sprechen Sie bei uns vor –«

»Nit so bald, gnä' Herr: Morgen muss i einrücken zum Regiment – und komm erst in drei Jahren wieder hoam. B'hüat Gott no' mal!«

Er schwenkte den Hut und, über den Weggraben setzend, lief er querfeldein. Wir fuhren davon. Ich winkte mit dem Tuche, solange als die Gestalt des Burschen zu sehen war, dann fiel ich in die Kissen zurück mit einem schweren, schweren Seufzer und war – ich geb's euch als Scharade auf – was war ich?«

»Verliebt,« antworteten Neffe und Nichten gleichzeitig.

»Ihr seid Bangen erregend gescheit, Kinder! Ja, das war mein Zustand. Nur drückte ich es edler aus: Ich liebte. Es lässt sich nicht sagen, was mir dieser neue, überraschende Umstand für Hochachtung vor mir einflößte. Es war mir, als hätte ich irgendeine Weihe empfangen. Dieselbe, die ich früher gewesen, war ich keinesfalls mehr; ich fühlte mich deutlich verwandelt. Und das Los meines Lebens war gefallen; Franzls Weib. Seraphine Hubinger: Das war meine Zukunft. Keine üble Zukunft. Denn, dass ich's nur gestehe, jener Kuss war mir als etwas ganz unbeschreiblich Süßschreckhaftes vorgekommen, etwas Fabelwonniges, Götterrätselhaftes, und die Zukunft als Franzls Weib stellte ich mir als eine ununterbrochene Fortsetzung derselben Kussempfindung vor. Was ich da war – das geb' ich euch diesmal nicht als Scharade auf, das konstatiere ich lieber gleich von vornherein: mehr Mädchen als Fräulein – mehr Turteltaube als Mädchen und mehr – – Gans als Turteltaube.«

»Du bist streng, Tante. Doch vermutlich hat diese Schwärmerei nicht lang gedauert? Und da du nicht Frau Hubinger heißest, so wissen wir, dass dein Zukunftstraum unerfüllt geblieben.«

»Es ist recht ärgerlich, dass meine bloße Existenz und staatsbürgerliche Stellung diese Erzählung aller spannenden Eigenschaften beraubt. Zuerst konntet ihr nicht wegen eines tödlichen Ausganges des Stierüberfalles zittern, und jetzt nicht wegen der möglichen Heirat mit Franzi. Aber nicht alle Liebesgeschichten enden am Traualtar; es gibt noch hundert andere tragische und komische, interessante und merkwürdige Abschlüsse dafür; also lauschet immerhin mit so atemloser und fieberhafter Neugier, als ihr wollt.«

»Wir hängen an deinen Lippen –«

»Das ist ja für beide Teile recht behaglich. – Die Schwärmerei habe nicht lange gedauert, meint ihr? O, doch! – Jahre und Jahre. Diese Liebe hatte sich mir sozusagen inokuliert und blühte, mit meinem Organismus verwachsen, mächtig heran. So wie jeder Mensch beim Erwachen seine Identität fühlt, so war jeder Morgen mein erster Gedanke: Franzls Weib – das ist mein Los. Schwierigkeiten sah ich keine vor mir. Alles beugte sich ja stets meinem Willen – wer würde mich hindern, mein Schicksal, wie es im Buche der Vorsehung und in meinem eigenen Herzen geschrieben stand, zu erfüllen. Weltliche Rücksichten? Über die würde ich mich hinwegzusetzen wissen. Schlimmsten Falles würde ich bis zu meiner Volljährigkeit warten müssen. Wie ihr seht, war ich so ziemlich bewandert, was übrigens eine natürliche Folge meines fleißigen Romanlesens war. Freilich wäre das Warten bis zum einundzwanzigsten Jahre ein sehr bitterer Fall gewesen, denn sieben Jahre – die Hälfte des bisher zurückgelegten Lebensweges – schienen mir eine unabsehbar lange Epoche. Drei Jahre wollte ich nur warten; die drei Jahre, welche der Franzi beim Militär bleiben musste, und welche noch zu meinem vollen Erwachsensein fehlten.

III.

Den Pflegeeltern gegenüber ließ ich natürlich nichts von meinen Plänen verlauten; aber ich hatte eine gleichaltrige Freundin, der ich mein ganzes Herz ausschüttete. Der Neid, die Bewunderung, welche Aglae – so hieß meine Vertraute – empfand, als sie hörte, dass ich »liebte«, war etwas Großartiges. Von dieser Stunde an blickte sie zu mir empor, wie zu einem höheren Wesen. Sie fühlte sich klein und nichtig neben mir. Die Erhabenheit meiner Empfindung, die Wunderbarkeit meines Geschickes überwältigten sie. Sie huldigte mir; sie schwor, sich meinem Dienste zu weihen und mir zu helfen und beizustehen, wo sie nur könnte. Sie selber würde auf Liebe verzichten; es war schon herrlich genug, die Vertraute einer solchen Leidenschaft zu sein und sich im Glücke des berühmten Liebespaares sonnen zu dürfen. Denn dass Franzi und Seraphine an der Seite der Hero und Leander, Paul und Virginie, Abälard und Heloise usw. in der Geschichte fortleben würden, das stand bei uns beiden fest. Ihr begreift, dass ein Wesen, von dem ich so ganz verstanden, so richtig aufgefasst wurde, mir unaussprechlich wert und teuer, ja unentbehrlich erschien. Ich setzte es daher auch durch, dass Fräulein Aglae, mit welcher ich übrigens entfernt verwandt war, als eine Art Adoptivschwester bei mir blieb. So wurden wir unzertrennliche Genossinnen in Arbeit und Spiel.

Unser liebstes Spiel war dieses: Aglae stellte Franzi vor und ich die siebzehnjährige Seraphine. Da wurden stundenlange Komödien aufgeführt. Wir ersannen die verschiedensten Situationen, in welchen die Begegnung, die Erkennung und schließliche Vereinigung dieses interessanten Paares vor sich gehen sollte. Die Handlung spielte entweder in meinem Schlosse, wo Franzi als Büchsenspanner in Dienst genommen worden; oder in der väterlichen Schmiede; mitunter auch auf dem Schlachtfelde, wo ich als barmherzige Schwester den verwundeten Geliebten pflegte. Hier endete die Szene öfters mit Franzls Tode, und was ich da Tränen vergossen habe, das ist unglaublich. Aglae starb aber auch zu schön. Da war ein gewisses Brechen des Auges und Aushauchen der Seele, das ihr niemand nachgemacht hätte. In den glücklichen Szenen war sie gleichfalls unnachahmlich. Wenn ich mich als die von Todesgefahr Errettete zu erkennen gab und mich und meine Million dem Franzi auf dem Präsentierteller meiner mit abgewandtem Gesichte gestandenen Liebe anbot, da wusste sie einen Schrei auszustoßen und mir zu Füßen zu sinken: – hinreißend! In diesen Augenblicken ward mir offenbar, was es heißt, den Gipfel alles denkbaren Erdenglückes erklommen zu haben. Der Charakter, den Aglae unserem Helden gab, war mit einer Konsequenz durchgeführt, um die sie jede deutsche Romanschriftstellerin und Darstellerin von Tugendausbündigkeit hätte bedeuten können. Nichts als edle Regungen schwellten diese Jünglingsbrust: Tapferkeit, Reinheit, Ehrenhaftigkeit, Engelsgüte, Verstandesklarheit waren einige seiner Nebeneigenschaften. Die Grundeigenschaft war »Größe« überhaupt. Er fühlte gewaltig, dachte hehr und handelte erhaben. Das stach von der Schlichtheit seiner bäuerlichen Sprechweise, von seiner frischen, urwüchsigen Naturburschenhaftigkeit nur desto wirkungsvoller ab. Um dieses prachtvolle Charaktergebilde aufzubauen, hatte meine geniale Aglae nur eines Zuges bedurft, den ich ihr mitgeteilt; nämlich Franzis Verzicht auf einen Lohn für seine Rettungstat: – das war doch »groß« gewesen. Wenn man von einem vorsintflutlichen Vogel einen Flügelknochen ausgräbt, der zwei Meter lang ist, so kann man daraus die Gestalt des ganzen Vogels als eine riesige annehmen und bei demselben weder einen Sperlingsschnabel noch einen Schwalbenschwanz vermuten; desgleichen hatte dem Scharfsinn Aglaes jene bewiesene Uneigennützigkeit genügt, um über die Flügelweite von Franzis Seele in Klarem zu sein und ein

11

untrügliches Bild seiner nach jeder moralischen Richtung ausgebildeten Riesendimensionen zu gewinnen.

Ich hatte mich in die Komödie so hineingedacht, dass der durch meine Freundin vorgestellte Held für mich ein wirkliches Leben besaß; und ihrerseits war Aglae so sehr in ihre Rolle aufgegangen, dass auch in ihr – sobald wir unser Spiel gewonnen – ein anderes Leben pulsierte. Es war für beide eine förmliche Umwandlung – eine »Transsubstantiation« – ein Mysterium mit einem Wort.

Die Idee, dass ich vielleicht doch einmal einem anderen meine Hand reichen könnte, die kam uns gar nicht – das wäre ja eine Lästerung gewesen. Denn wir waren ein paar tugendhafte Jungfräulein, die von der Heiligkeit magdlicher Liebe und Reinheit gar hohe Begriffe hatten. Zweimal lieben durfte kein edles Frauenherz, und einem anderen angehören als demjenigen, der den ersten Kuss von den jungfräulichen Lippen gepflückt, das wäre ein Frevel – ein Ding der Unmöglichkeit. Besonders Aglae war in dieser Richtung streng. Der Umstand, dass mein Mund nicht mehr unberührt war, hätte mich in ihren Augen zu einem Gräuel gemacht, wenn sie nicht angenommen hätte, dass die Sündhaftigkeit jenes Kusses durch die Verheiratung mit dem Mitschuldigen wieder ausgelöscht werden sollte. Schon um Aglaes Umgang mir zu erhalten, musste ich mich als Franzis Braut betrachten. Würde ich nur eine Anspielung haben fallen lassen, dass ich als adeliges Fräulein, als reiche Erbin, vielleicht doch einst auf eine andere Partie Anspruch erheben konnte als auf diejenige mit dem Schmiedsohn, Aglae hätte mir sicher die Freundschaft gekündigt. Übrigens, wozu auch an eine andere Möglichkeit denken? Ein größeres Glück konnte nur das Schicksal doch nicht bieten, als die Vereinigung mit demjenigen, den es mir so augenfällig bestimmt hatte. Dass jener Stier eigens vom Fatum auserkoren worden, um mich über den Haufen und unter die Haube zu rennen, das unterlag ja weiter keinem Zweifel. Halberwachsene Mädchen sind überzeugte Fatalistinnen.

Unter den Variationen, welche unsere Einbildungskraft über das Thema einer bevorstehenden Verheiratung erdichtete, war folgende die am häufigsten aufgeführte: Ich nahte mich dem Geliebten in irgendeiner Verkleidung als ein Mädchen seines Standes. Er lernte mich lieben und wollte mich heimführen. Doch sein Vater verweigerte die Einwilligung, weil ich keinen Kreuzer Geld besaß. Franzi war unglücklich, schwor, mir ewig treu zu bleiben und mich zu heiraten, bis er sich die Selbstständigkeit erarbeitet. Da warf ich mich eines Tages in Prunkgewänder (meist purpurroter Samt mit Hermelinbesatz, wechselte auch mit himmelblauem, perlengesticktem Damast ab), setzte mich in eine von vier Rappen, oder je nach der Toilette – ihr wisst, – ich liebe Farbenharmonie, – von vier Schimmeln gezogene Staatskarosse, nahm eine Maroquinbrieftasche zu mir, in der meine Million enthalten war, und fuhr an der Schmiede des harten Vaters vor. Eben war sein Sohn bei ihm, um wieder einmal zu versuchen ihn zu erweichen, und während jener Hufe hämmerte, hämmerte er aufs Vaterherz. Ich trat geräuschlos ein; die beiden kehrten mir den Rücken und sahen mich nicht.

»Vater,« sagte Aglae-Franzl zu einem großen bronzenen Lampengestell, welches meinen zukünftigen Schwiegervater vorstellte, »hab doch ein Erbarmen! Ohne mein Mirzl kann i nit leben! Was? Du schüttelst den Kopf (mir war's, als sah' ich die Lampenkugel mit strenger Miene verneinen) – du willst nix hören? Wegen des schnöden Mammons? (Aglae mischte nämlich ein etwas gesuchtes Hochdeutsch mit dem bäuerlichen Dialekt, welchen sie auf meine Weisung dem Franzi lieh.) Du woaßt nit, wia's mer ins Herz g'wachsen is, dös Blitzmädel, dös von den Grazien so reich beschenkte Wesen! I' bring' mi um, Vatter – i' terstürz mi in die Wehren ... oder ich setze den Giftbecher an!«

Die Lampe blieb unerbittlich.

Da trat ich vor in meiner ganzen Pracht; Franzi stieß einen Schrei aus, während die Lampe, mich nicht erkennend, vor der großen Dame die Mütze abnahm. Jetzt folgte die Szene der Aufklärung: ich packte meine Million aus; Franzl wurde vor Freude nahezu wahnsinnig; der väterliche Widerstand war natürlich gebrochen und wir knieten, Segen erflehend, vor dem Lampengestelle nieder.

IV.

Drei Jahre vergingen. Unsere Spiele wurden nach und nach weniger kindisch, aber sie dauerten fort. Die Staatskarosse und das verbrämte Purpurkleid waren weggefallen, aber der Kern des Ganzen, nämlich die Liebe zu Franzl und meine Bestimmung, dessen Frau zu werden – das blieb unverrückt. – »Vielmehr verrückt?« meint ihr. – Bitte mich nicht mit schnöden Wortspielen zu unterbrechen. Die Zeit war gekommen, wo der Militärdienst meines – hinter seinem Rücken – Verlobten zu Ende ging; auch wo wir beide zu erwachsenen Fräulein geworden, an welche verschiedene Freier sich heranmachten. Ich erklärte übrigens mit Bestimmtheit, dass ich jetzt noch nicht gesonnen sei zu heiraten, und war mit den jungen Leuten, die es dennoch versuchten, mir den Hof zu machen, von einer Kälte, welche, glaub' ich, hart an Grobheit streifte. Ich liebte ja einen anderen, ich war diesem anderen unwiderruflich zugedacht: Es wäre eine Entweihung meiner selbst gewesen – besonders in den Augen Aglaes – wenn ich geduldet hätte, dass ein Unberufener mir mit Heiratsabsichten nahe.

Sie selber, die gute Aglae, welche nebenbei ein auffallend hübsches Mädchen war, kokettierte ganz gewaltig mit den jungen Herren, die unser Haus besuchten. Sie war ja frei und makellos. Auf ihren Lippen hatte noch kein solcher Kuss gebrannt wie jener, welcher mich – immer in ihren Augen – von der Möglichkeit ausschloss, noch frei zu wählen. Sie konnte immerhin darauf ausgehen, eine standesgemäße und vorteilhafte Partie zu machen; nichts auf der Welt zwang sie, ihre Zukunft dem Erben einer Dorfschmiede zu weihen.

Und von dieser Freiheit machte sie Gebrauch, indem sie einem adligen Gutsbesitzerssohn die Hand reichte. Es war dies für das vermögenslose Mädchen in jeder Hinsicht ein Glück und ich nahm freudigen Anteil daran. Andererseits konnte ich einiges Mitleid nicht unterdrücken, denn ihr Los war neben dem meinigen doch ein kleinliches: sie war zwar in ihren Bräutigam verliebt, aber erst seit acht Tagen und oberflächlich; was war das gegen meine schon seit drei Jahren genährte, tiefe, treue Liebe? Und dann: Sie war arm und ihr Bräutigam reich – alle Güter des Lebens würde sie nun durch ihren Mann erhalten, während mir die entzückende Genugtuung bevorstand, über meinen Gatten mit eigener Hand das Füllhorn des Reichtums auszuschütten!

Aglae war keine Egoistin, diese Gerechtigkeit musste ich ihr widerfahren lassen. Jetzt, wo sie in den Glückshafen eingelaufen, war es ihre größte Sorge, dass nunmehr auch ich meinem Ziele entgegengeführt werde. Sie hatte ja geschworen, ihr Leben meinem Dienste zu weihen, und wenn sie auch dem Vorsatz untreu geworden, für sich auf Liebe zu verzichten, um nur an der meinen sich zu sonnen, so war sie doch beständig in dem Wunsch und dem Bestreben geblieben, mich mit dem seelengroßen Franzi vereinigt zu sehen. Sie war auch sehr bescheiden und einsichtsvoll. Obschon ihr der Bräutigam sehr wohl gefiel und sie allerlei Eigenschaften an ihm erkannte: hohe Bildung, Geist und Witz, Zartgefühl usw., das eine gestand sie freiwillig zu: Groß war er nicht.

Jetzt mussten wir auseinandergehen. Als Braut konnte sie nicht mehr – noch weniger als Gattin – sich in die Rolle eines in mich verliebten Jünglings denken; mein mir durch täglichen Umgang so teuer, ja fast unentbehrlich gewordener Phantasiefranzl würde mir verloren gehen; es war also dringend nötig – das sah Aglae selber ein – mir nunmehr den wirklichen Franzi als Beute zuzuführen.

Die Umstände fügten es, dass Aglae Gelegenheit fand, mir mit der Tat beizustehen.

Franzl hatte seine Zeit ausgedient. Doch war er nicht – so erfuhren wir – in dem Dorfe geblieben, das sein und des Stieres Geburtsort war, sondern hatte in einer anderen Provinz – in Oberösterreich – als Gärtnergehilfe Stellung genommen. Dass er nicht in seines Vaters Schmiede arbeiten würde, sondern die Gärtnerei erlernt hatte, das war uns erst später bekannt geworden.

Nun fügte es der Zufall – nein, nein, nicht der Zufall, das war uns beiden klar – nun fügte es das Fatum, dass Aglae mit ihrem Mann in die Nachbarschaft jenes Schlosses übersiedelte, wo mein Franzi mit Gartenschere und Gießkanne waltete. Bei einem der Schlossfrau – Gräfin Lotz – abgestatteten Besuch erzählte ihr diese, dass sie eben ein Kammermädchen verloren – eine wahre Perle, welche ihr zugleich eine Art Gesellschafterin abgegeben, da sie gebildeter Eltern Kind war, sehr hübsch vorzulesen verstand und überhaupt ein sehr liebes, aufmerksames, anspruchsloses Ding gewesen; jetzt heirate sie den Verwalter und die arme Gräfin würde sie nimmermehr ersetzen können.

Bei dieser Mitteilung stieg meiner Freundin ein ganzer Schlachtplan auf. – Ihr habt es schon erraten: Ich sollte an die Stelle dieser unersetzlichen Perle treten. Da wäre mir Gelegenheit geboten, mit Franzi zusammenzukommen und unerkannt seine Liebe zu gewinnen.

Die Idee war alles; die Ausführung dann nur noch Nebensache. Einerseits eine warme Empfehlung seitens meiner Freundin für eine Müllerstochter, die für den erledigten Dienstplatz wie geschaffen war; andererseits eine dringende Einladung für mich, einige Wochen in Aglaes neuem Heim zuzubringen – eine Einladung, gegen deren Annahme meine Vormünder nichts einzuwenden hatten; – und so kam es, dass nach einigen gewechselten Briefen, in denen alle unsere Finten und Listen festgestellt worden, ich nach Oberösterreich abreiste und in das Haus der Gräfin Lotz als »Marie Schulze, Kammermädchen« eintrat.

Kinder, ich kann euch nicht schildern, mit welchem Lampenfieber ich meine Rolle übernahm. Aber kein Fieber der Angst – vielmehr eine Art Hochgefühl – war doch das Schauspiel, das ich da aufführen wollte, zugleich die Komödie meines Schicksals! Und IHN sollte ich wiedersehen – dieses persönliche Fürwort schrieb ich in Gedanken immer mit drei großen Buchstaben – SEIN Herz sollte ich nur im Sturm gewinnen und uns beide zu unaussprechlichem Glücke führen. Welch ein Aktschluss! Ich dachte mir ein Publikum von geheimnisvollen Wesen – Vorsehung, Parzen, Schutzengel, was weiß ich? – die dazu lebhaft befriedigten Beifall klatschen sollten. Unwillkürlich würde ich in dem Augenblick, wo ich dem Franzi die Hand zum ewigen Bunde reichte, mit einer graziösen Verbeugung zu den Wolken hinaufgrüßen müssen.

Aglae hatte den Gegenstand unserer Ränke gesehen, und sie versicherte mich, dass sie ihn wunderschön gefunden. Ich sei ein beneidenswertes Geschöpf. Besäße sie ihren Edgar nicht, so wollte sie keinen anderen als Franzi haben; da aber dieser mein unbestrittener Besitz war, so hätte sie gar nie gewagt, zu ihm aufzuschauen.

Als sie seiner gewahr wurde, war es übrigens ein Aufschauen im buchstäblichen Sinne des Wortes – denn er saß auf einem zwei Stock hohen Schrägen und stutzte Spalier. Das war auch keine vorteilhafte Situation, um ein Gespräch anzuknüpfen, und da Aglae in Begleitung der Gräfin sich befand, konnte sie unmöglich, ohne etwas Auffälliges zu tun, den Gärtnergehilfen da oben in die Unterhaltung ziehen. Überdies gestand sie mir, dass eine eigene Scheu sie gehindert hatte, mit Franzl zu reden, da sie noch immer die Idee nicht ganz los werden konnte, dass sie selber ein Stück Franzl sei, und es wäre ihr einigermaßen unheimlich gewesen, mit dieser abgetrennten Ich-Parzelle in dualistischen Verkehr zu treten.

Ihr habt schon öfter Liebhabertheater gespielt, Kinder, und wisst, was es für eine große Unterhaltung gewährt, sich in Kostüm zu werfen und auf ein paar Stunden eine andere Person vorstellen als die, welche man von Geburt auf gewohnt ist, mit sich herumzutragen. So könnt ihr euch wohl in die angenehme Erregung hineindenken, mit der ich mein Soubrettengewand anlegte. Es stand mir auch wahrlich nicht übel: glattes Leinwandkleidchen, kokettes Häubchen, Schürze, kurze Ärmel, zierliche Schuhe; dazu mein siebzehnjähriges, von goldblondem Haar umrahmtes Lärvchen: Ich hatte meine Freude daran. Und wie luftig das war: Wissen, dass man ein Edelfräulein ist mit einer Million Mitgift, und von einem ganzen Haushalt für ein Stubenmädchen gehalten zu werden – das war ja amüsant wie eine Faschingsmaskerade. Nebenbei noch das bevorstehende Wiedersehen mit dem seit drei Jahren geliebten Jüngling: – das war durchzuhandelnder Roman, durchzulebendes Gedicht!

Die Gräfin hatte mich auf Aglaes Empfehlung aufgenommen, noch ehe sie mich gesehen; also musste ich nicht erst eine bange Vorstellung durchmachen, sondern trat sofort in Funktion.

Meine neue Herrin war zufällig nicht zu Hause, als ich ankam; die Haushälterin übernahm es, mich in mein Zimmer zu führen und mir meine neuen Pflichten anzuweisen. Ich musste die Gräfin ankleiden, ihr abends, wenn sie im Bette lag, eine Stunde vorlesen und einem zweiten Stubenmädchen in der Näharbeit helfen. Zum Glück war ich mit der Nadel immer sehr geschickt, also bangte mir vor diesem Teile meiner Obliegenheiten nicht. Es wäre mir nämlich nicht angenehm gewesen, wegen Ungeschicklichkeit etwa schon in den ersten Tagen entlassen zu werden, denn ich wollte längere Zeit vor mir haben, um unauffällig Franzis Liebe zu gewinnen. Auch nachdem ich sie gewonnen, sollte er ja noch eine Zeitlang schmachten und den Kampf mit dem Vater auskämpfen – denn die Schlussszene in der Schmiede, mit der wollte ich doch gar so gerne meine Komödie krönen. – Das Zimmerchen, welches mir bestimmt war, war klein und mit der äußersten Einfachheit eingerichtet. Ich, die ich seit frühester Kindheit an allen erdenklichen Luxus gewöhnt worden, konnte gar nicht begreifen, wie sich's in einem solchen Zimmer wohnen konnte: keine Federmatratze, kein anstoßendes Badekabinett, kein Ankleidespiegel, kein Bücherregal, keine weichen Sitzmöbel, keine Blumentische – kurz, nichts von dem allernötigsten Zubehör des täglichen Lebens. Ich nahm dies alles aber von der heiteren und mutigen Seite auf – und machte mich gefasst, hier so auszuharren, wie ein auf eine wilde Insel verschlagener Gestrandeter. In den Reisebeschreibungen hatte ich oft von Leuten gelesen, die noch ärgere Entbehrungen standhaft ertragen – und diesen winkte ja nicht, wie mir, so entzückender Liebeslohn.

Als die Gräfin nach Hause kam, ließ sie mich sofort rufen. – Eine ziemlich streng und hochmütig aussehende alte Dame. Sie musterte mich eine Weile schweigend. Endlich eine tiefe Altstimme:

»Wie heißt du, Kind?«

»Mirzl, gräfliche Gnaden.«

»Hätt' ich dich nicht schon aufgenommen – auf deine Erscheinung hin tät' ich's sicher nicht. Bist viel zu hübsch. Das ist ja ein Rokokobild – eine Watteau-Schäferin und kein heutiges Stubenmädel. Dass mir nur keine Liebschaften angezettelt werden! Verstanden? Da wird die Frau Nani, die Haushälterin, Auftrag bekommen, streng zu wachen. Wie ich etwas erfahre von einer Courmacherei, ob's jetzt ein Stallbursche sei, oder der junge Graf, so – auf eins, zwei, drei – marsch aus dem Haus! Deine Vorgängerin war sehr brav – da hat sie auch einen braven Mann gefunden und ein ordentliches Brautgeschenk von mir bekommen. Doch sie war zehn Jahre bei mir. So lange musst du auch bleiben – wenn ich mit dir zufrieden bin, heißt das. Du redest aber gar nichts – bist du stumm?«

»Frau Gräfin haben keine Frage an mich zu stellen geruht, also hatte ich keine Veranlassung, zu sprechen; ich brauche doch nicht erst zu versichern, dass ich keinem Rokokowandgemälde entsprungen bin und dass ich durchaus nicht beabsichtige, meine Anziehungskünste an dem Stallburschen und an dem erlauchten Sohn des Hauses zu üben.«

Die Gräfin schaute mich erstaunt an, dann äußerte sie ihre Meinung in dem einen Worte: »Schnabel.«

Ich knixte. »Was befehlen sonst?«

»Vorläufig nichts. Wenn ich dich brauche, werde ich klingeln.«

Ich habe mir den Wortlaut dieser ersten Unterredung so gut gemerkt, weil ich ihn sofort in ein Tagebuch eintrug, das ich mir für die Zeit meines Aufenthaltes in Schloss L. angelegt hatte. Ich wollte nämlich alle Ereignisse und Stimmungen dieses denkwürdigen Lebensabschnittes festhalten und namentlich die Gespräche der Vergessenheit entreißen, welche zwischen Franzl und mir geführt werden sollten.

Dieses Tagebuch habe ich aufbewahrt. Es liegt in meinem Bücherschrank, im untern Fache, rechts, in blauem Einband – sei so gut, Malwine, und hol es mir. Das Erzählen wird mir leichter werden, wenn ich, während ich fortfahre, bisweilen darin nachschlage und auch einige Stellen daraus ablese.«

V.

»Ist es dieses, Tante?«

»Ja, danke schön. Ach, wie vergilbt diese Blätter aussehen. Hier habt ihr gleich ein gelungenes Prosastück, welches ich am Morgen nach meiner Ankunft niederschrieb:

»Jetzt ist der große Augenblick gekomen. Ich soll in den Garten hinab, um für die Vasen im Zimmer der Gräfin Blumen zu holen. Wie doch alles sich doch so fügt! Mühsam sann ich hin und her nach einem Vorwand, mich ihm zu nahen – und siehe da: Ich erhalte Befehl, sofort ins Treibhaus zu gehen. Schicksal, Schicksal, du waltest doch gar zu deutlich! Ihr unsichtbaren Mächte, die ihr so augenscheinlich jene Fäden spinnt, die, von einem wütenden Stier ausgegangen, zwei junge Herzen zu treuem Liebesbunde verknüpfen sollen « – Hübscher Stil: von einem tollen Hornvieh ausgehende Fäden! – »wachet jetzt auch gütig darüber, dass die Flamme, welche seit drei Jahren in meiner Seele lodert, als Gegenliebe weckender Funken in Franzls Seele springe.« Das waren gar geschickte Mächte, denen ich da in einem Atem die Handhabung verknüpfter Fäden und springender Funken anvertraute, – wie leicht hätte doch der vom Stier ausgehende Faden in der Feuerwerkerei verbrennen können!

Beflügelten Schrittes und klopfenden Herzens eilte ich in den Garten, ein leeres Körbchen am Arm. Wie ich so an den Korridorspiegeln vorbeikam, sah ich, dass ich wirklich nicht unähnlich einem Rokokobild war und mir bangte nicht um den Eindruck, den meine Erscheinung auf den Gärtnerjüngling hervorbringen würde. Sollte er mich etwa erkennen? Unmöglich. Damals war ich ein Kind und jetzt ein aufgeblühtes Weib; – die andere Lebensstellung dazu: nein, nein, er würde nichts ahnen, und wenn er mir sein Herz schenkt, so wird's der armen Mirzl Schulze geschenkt sein. Doch wie, wenn er eingedenk jenes Kusses auch mir dieselben Gefühle geweiht, wie ich ihm – was dann? O, dann müsste er mich sofort erkennen – oder ich sofort mich zu erkennen geben.

Als ich in die Gewächshäuser trat, wollte es mein Schicksal – das stets so deutlich waltende – dass Franzl Hubinger, und er allein, hier anwesend war. Ich erkannte ihn augenblicklich. Das Herz stand mir still. Der Atem ging mir aus. Ich musste mich an den Türpfosten lehnen, um nicht umzufallen.

Franzi, beschäftigt die Blätter, der Topfpflanzen zu reinigen, sah mich nicht. Er begleitete seine Arbeit mit einem gepfiffenen Liedlein. Es war – welche Fügung, welcher Wink! – offenbar wieder von den mehrgenannten Schicksalsmächten in Szene gesetzt: Es war das »Mailüfterl«:

»Der Mensch liebt nur einmal
Und nachher is gar.«

Ja – nur einmal! Ja, Franzl, du warst meine erste Liebe und sollst meine Letzte sein! – so tönte es in meinem Innern dem vorgetragenen Liedl nach.

Aber sonderbar – in seiner Gestalt und Haltung war etwas, das mir nicht recht gefiel. Ich weiß nicht genau, war's eine runde Schulterlinie oder sonst was – kurz, es störte. »Fortan unbeachtet lassen!« befahl ich mir rasch entschlossen, »diesen Eindruck verjagen!« – das passte ja nicht zu meinen Liebesgefühlen – gehörte nicht zum Stück. Zum Theaterstück nämlich; denn die Idee könnt' ich nicht los werden, dass da ein von besagten Schicksalsmächten komponiertes und lorgnettiertes Schauspiel sich abwickelte. Hier hatten wir: II. Aufzug (im Ersten war der Stier aufgetreten) I. Szene. Ein Glashaus. Franzl, blätterputzend; Seraphine, an die Tür gelehnt. – Der Dialog musste jetzt folgen, also nahm ich mir ein Herz und trat vor.

»Herr Hubinger...«

Er schaute nicht auf – diese Blattläuse schienen doch sehr fesselnd zu sein, oder war mein schüchterner Stimmlaut nicht bis an sein Ohr gedrungen. Etwas lauter, aber recht heiser:

»Herr Hubinger ...«

Jetzt hob er den Kopf. O, der hübsche, schwarze Schnurrbart! Der war neu. »Was schaffen's?«

»Ich ... ich brauche Blumen für die Gr ... für die gnädige Frau Gräfin. «

»Ah, da müssen's zum Herrn Obergärtner gehen – i derf nix abschneiden.«

»Ich ... ja, gut ... Aber, was tun Sie da – ist das eine – lustige Arbeit?«

»No so. Seien Sie das neue Stubenmadl? Donnerwetter, Sie san aber schön! Deswegen brauchen's nit so zu erschrecken. Mit wem haben's denn nur so große Ähnlichkeit? I muss so a G'sicht schon a mal wo g'sehen haben.«

»Das ich nicht wüsste ...«

»Ach nein – do nit. Sie war zwar auch nit übel, die Fräul'n Seraphin', aber so wunderschön war's nit. – Soll ich Ihnen zum Obergärtner führen?«

»Bitte, erzählen Sie mir erst: wer war denn diese – Seraphine?«

»Die is in meiner Nachbarschaft z' Haus. A reiche, vornehme Fräul'n – i hab's nur einmal g'sehen. «

»Bei welcher Gelegenheit?«

»Nur a so, – zufälli –«

Also von der Rettung erzählte er nichts – seiner Heldentat rühmte er sich nicht: immer noch » groß«.

»Sie tun unrecht, Herr Hubinger, immer noch an diese junge Dame zu denken – die ist vielleicht sehr hochmütig –«

»I denk' ja eh' nit an sie – nur die Ähnlichkeit hat mi dran g'mahnt.«

Vortrefflich: Mich, Seraphine, liebte er demnach nicht; er konnte also in mich, Mirzl, sich verlieben. Wenn nur die runde Rückenlinie nicht wäre, und in seiner Stimme, in seiner Physiognomie war auch etwas, das mich weniger sympathisch berührte als das Wesen Aglaes, wenn sie Franzl spielte. Dennoch, ER war's, er selber, der so lang' und heiß Geliebte. Ein warmer Gefühlsstrom schwellte mir das Herz und ich blickte zärtlich zu ihm auf.

»Franzl Hubinger,« sagte ich, »wer weiß, ob jenes Mädchen nicht an Sie denkt?«

»I, Gott bewahr'! Aber wie gut Sie mein' Namen wissen. Wie heißen denn Sie?«

»Mirzl Schulze.«

»Sie haben aber a paar Augen, Mirzl!«

Ich senkte den Blick. Ja, ja – in meinen Augen musste es verräterisch geblitzt haben. Verlegen und mit Glut übergossen stand ich da und zitterte, was da kommen würde. – Wenn er jetzt gleich eine Liebeserklärung machte, das wäre doch zu schnell gegangen – so vom Fleck weg, so mitten im Blattlausputzen konnte doch unsere Verlobung nicht vonstattengehen!

Der Eintritt des Obergärtners machte meiner bangen Lage ein Ende. Er gab mir meine Blumen und ich musste fort. Ohne mehr zu Franzl aufzuschauen, eilte ich davon. Er nahm sein unterbrochenes Pfeifen wieder auf und noch von weitem hörte ich mir's nachklingen:

»Der Mensch liebt nur einmal
Und nachher is gar.«

VI.

»Wohin, wohin so eilig, schönes Kind?« Es war auf der Stiege, wo ich durch diese Ansprache aus meinen Gedanken gerissen wurde. Ein großer, schlanker, sehr vornehm aussehender junger Mann stand vor mir. Ich erriet, dass dies der Sohn der Gräfin sei, mit dem zu kokettieren – sie mir so streng untersagt hatte.

»In das Zimmer Ihrer Frau Mama, Herr Graf, um es mit diesen Blumen zu schmücken,« beantwortete ich die Frage und wollte weitergehen.

Er aber stellte sich mir in den Weg:

»Selbst Blume!« rief er aus.

»Das Kompliment ist nicht besonders originell.«

»Aber Sie sind originell, Kleine.«

»Ich heiße Mirzl und bin nicht ausfallend klein.«

»Doch auffallend hübsch. Sie sind wohl die neue Zofe? Wie kann Mama nur so unvorsichtig sein? Sie werden ja alle Köpfe verdrehen im Haus – bei meinem angefangen.«

Ich nahm, indem ich den Kopf zurückwarf, eine finstere Miene an:

»Ich werde niemandem erlauben – bei Ihnen angefangen – mir achtungslos zu begegnen. Bitte, wollen Sie mich vorbeilassen, Herr Graf.«

Mit stummer Verneigung trat der junge Mann zur Seite und ich eilte die Treppe hinan.

So hatte ich ihm doch imponiert. Der Zwischenfall war mir nicht unangenehm; auch wurde er sofort mit allen Einzelheiten in das Tagebuch eingetragen. Wenn nun gar auch dieser junge Herr mir den Hof machen wollte – und er war nicht übel, meiner Treu – dann würde die ganze Komödie und Maskerade noch viel verwickelter und amüsanter werden. Und was für ein herrlicher, dem Franzl zu gebender Liebesbeweis, wenn ich den glänzenden Ritter seinethalben verschmähte! Freilich – mit ehrbaren Absichten würde wohl jener der Zofe nicht nahen, desto strenger und kälter und stolzer müsst' ich ihn behandeln.

Ihr staunt wohl, dass ich bei meiner Jugend über derlei Dinge schon so weltklug dachte; doch ihr müsst euch erinnern, dass ich diese meine – mit großer Naivität gemischte – Weltklugheit in den zahlreichen Romanen und Theaterstücken gesammelt hatte, die ich von meinem zwölften Jahre an im Verein mit Aglae zu verschlingen pflegte.

Hier stehen – neben dem Berichte – auch meine Betrachtungen über die beiden angeführten Begegnungen eingetragen; hört:

»Ich hab' IHN also gesehen! Ist ER's – der ganze ER? Sonderbar: In Aglaes Nähe liebt' ich ihn besser, als ich heute in seiner eigenen Nähe ihn zu lieben verstand. Die Erregung, die Feierlichkeit des Augenblicks war wohl zu überwältigend. Jetzt, wo ich wieder ruhiger bin, fühle ich die alte, ungeschwächte Liebe in mein Herz zurückkehren. Was sag' ich ›ungeschwächt‹ – gestärkt, vertieft. Ja, das Pfeifenrauchen werden wir ihm abgewöhnen: – es schien mir nämlich, als ob seinen Gewändern ein Knasterduft entströmte, während der junge Graf wohl eben aus einem mit Kölner Wasser bereiteten Bade gestiegen war. Merkwürdiger Mensch, dieser junge Graf – wie keck er anfangs war und doch, mit welcher Ritterlichkeit er mir dann grüßend Platz machte. Ich hab' ihm Respekt eingeflößt. Nächstens wird er mir aber wieder nachsetzen – das kann sich interessant gestalten. Wenn ich keinen andern liebte, könnte dieser mir gefährlich werden – doch wenn ich den andern nicht liebte, wäre ich dann überhaupt hier und dieser Gefahr ausgesetzt? Den gekrümmten Rücken werden wir ihm auch abgewöhnen – dem Franzl meine ich; der andere hat ja eine Haltung wie ein englischer Herzog. Ich habe zwar noch keinen englischen Herzog gesehen; aber so stelle ich mir die Gattung vor: vornehm, gentlemanlike, ein wenig arrogant und doch zartsinnig. Gut, dass ich für die Vorzüge aller anderen unzugänglich bin –

Franzl, ich bin dein. Du hast mir das Leben gerettet, es ist nur billig, dass dieses Leben dir geweiht sei: Der Mensch liebt nur einmal und nachher is gar!«

Die nächstfolgende Eintragung stenografiert mein zweites Gespräch mit Franzl, welches noch am selben Nachmittag stattfand. Die Gräfin war ausgefahren; ich war frei, spazieren zu gehen; also benützte ich das, um meine Schritte nach dem Garten zu lenken. Vielleicht würde ich den Teuren doch von Weitem sehen. – Richtig, da war er und schwang die Gießkanne über die blühenden Beete. Ich dankte seinem »Guten Abend! Fräulein Mirzl« mit einer Kopfneigung und einem Seitenblick, der als ein Geschoss auf sein Herz gemeint war, und eilte an ihm vorüber.

Ich hatte mir ein Buch mitgenommen und mit diesem setzte ich mich in eine Laube, die am Ende des Küchengartens lag. Rechtzeitig war es mir eingefallen, dass ich nicht zur »Herrschaft«, sondern zur Dienerschaft gehörte – da gebührte mir kein Platz in den Zieranlagen. Hier zwischen Obstbäumen und Mistbeeten, Petersilie und Spargel konnte ich mich niederlassen, ohne unbescheiden zu erscheinen. Hier konnte auch Franzl, wenn er wollte, mich aufsuchen.

Und das tat er auch. Ich hatte kaum zehn Minuten gelesen – ohne zu wissen, was ich las – als der Gegenstand meiner sehnenden Gedanken vor mir stand, ein kleines Sträußchen in der Hand.

»Da haben's a paar Bleameln, Fräul'n. Aber nit für die Frau Gräfin – für Ihnen.«

»Danke schön, Herr Hubinger.«

»Heißen's mi ›Franzl‹, bitt' schön.«

Ich erbebte. »Recht gern, Franzl,« – ach, wie süß mir der Name durch die Lippen glitt – »dann müssen Sie mich aber auch Mirzl nennen.«

»Dös lass' i mir nit zweimal sag'n. Da seh' i mi aber auch a bissel her zu Ihnen, Mirzl.«

»Ja, ja – aber nicht so nahe, bitte.«

»Is so weit g'nug?«

»Sie ... Sie rauchen wohl keine sehr guten Zigarren?«

»I? – Pfeifen rauch' i. Na – was Sie aber für Augen haben!«

»Lassen wir meine Augen – sprechen wir von Ihnen, Franzl. Erzählen Sie mir von Ihrer Militärzeit und sagen Sie, was Ihre Zukunftspläne sind.«

»Meine – was?«

»Wie Sie sich Ihre Zukunft denken.«

»Lieber Gott, i' hoff', dass i amal a Gärtner und zuletzt an Obergärtner werd'.«

»Wollten Sie nicht lieber Gutsbesitzer sein?«

»Lachen's mi aus? – I denk' nit über meine Lag' hinaus – i bin so a zufrieden.«

»Sie sind groß, Franzl.«

»Fünf Schuh zehn Zoll –«

»Eine große Seele wollt' ich sagen. Warum sehen Sie mich so erstaunt an? Aber was ich vorhin fragen wollte: Es kann ja sein, dass Sie einmal in eine andere Lebenslage kommen – durch einen Treffer in der Lotterie zum Beispiel.«

»I setz' gar niemals in d' Lotterie.«

»Kurz, dass Sie auf eine oder die andere Weise ein vornehmer Herr werden –«

»Dös gibt's net für mi. Könnten's denn nur an vornehmen Herrn gern haben, Mirzl? Wann aner a braver Bursch war und weiter nix, da wollten's nix von ihm wissen?«

»O, Franzl ...«

»No ja, Sie schaun ja aus wie a Komtess', obwohl's nur a Stubenmadl sein, und da bin i Ihnen gewiss zu schlecht? Aber glauben's mer, wann i a Schatzl recht lieb hätt', i tät's a glückli machen – besser wie die großen Herren, die immer glei drei, vier Schatzeln auf einmal hab'n müssen. Mirzl, san's gut – sagen's mir a freundlich's Wort. U, jeh – da kommt wer! Ich wer mi schnell davondrucken, sonst merken die Leut' gleich was und plauschen – morgen sehn wir uns wieder, nit wahr?« Es war die Haushälterin Nani, die daherkam.

Obwohl Franzl sich eiligst in die Büsche geschlagen, musste sie ihn doch gesehen haben, denn sie fuhr mich streng an:

»Was treiben's denn hier, Mirzl? Wenn ich noch einmal so was merke, sag' ich's der Frau Gräfin.«

Errötend und gesenkten Hauptes folgte ich ihr ins Schloss.

VII.

Diese Nacht konnte ich nicht schlafen. Die Sachen standen gar zu aufregend. Ich war ja eigentlich schon am Ziel – ich war schon geliebt. Er hatte mir angetragen, mich als sein »Schatzl« glücklich zu machen. Das war doch zu schnell gegangen. Ich war auf eine zum Mindesten ein paar Wochen dauernde Belagerung seines Herzens gefasst gewesen, und jetzt war er am ersten Tage erobert. Ein furchtbares Bangen ergriff mich. Denn bei dem großen Gewinn, den ich da zu verzeichnen hatte, war ich mir auch eines großen Verlustes bewusst. Es war mir etwas abhandengekommen – etwas, was die ganze Zeit in meinem Innern gelebt, es war plötzlich tot: nämlich meine Liebe selber. Die Sehnsucht, wieder einmal an seiner Brust zu ruhen, wie damals, nach der Stierszene, die war verschwunden – war eher in Angst und Furcht umgeschlagen dass der pfeifengewohnte Mund sich frech und entweihend auf meine Lippen drücken könnte. Wäre Aglae nicht – wahrlich, ich ergriffe am nächsten Morgen schon die Flucht. Was würde diese aber zu solcher Charakterlosigkeit, solcher Feigheit sagen? Ihr dürfte ich mit jener Vorstellung nicht kommen, dass Franzls Kuss eine Entweihung wäre, denn da würde sie mit gerechter Verachtung mich daran erinnern, dass meine Lippen längst nichts Geheiligtes mehr waren, dass im Gegenteil nur ein Verlobungskuss Franzls imstande sei, ihnen die verlorene Reinheit zurückzugeben. Dass sie seit ihrer Heirat in jener vor drei Jahren getauschten Liebkosung vielleicht etwas weniger Grässliches und Entscheidendes sah: Das wusste ich nicht.

Ich kam nur wieder zur Ruhe, als ich den Entschluss gefasst hatte, nunmehr ein Paar Tage vergehen zu lassen, ohne Franzl wiederzusehen: Ich würde es vermeiden, in den Garten zu gehen, und ins Schloss würde er doch nicht heraufkommen. Während der Zeit würde die Neigung, die ich offenbar schon heute erweckt – durch Sehnsucht gesteigert – in seinem Herzen wachsen, und auch ich könnte wieder – indem ich alle meine vergangenen Gefühle und Vorsätze rekapitulierte – das störende Bangen verscheuchen, das mich heute so unerwartet ergriffen hatte.

Ihr seht, wie ich euch da meine innigsten Seelenvorgänge zergliedere. Das vermag ich nur mithilfe der nachgelesenen Tagebucheinzeichnungen zu tun; was könnte ich sonst von all den verwickelten und schwankenden Empfindungen, die sich in meinem romantisch kindischen Gemüte abspielten, nach so langen Jahren noch wissen? Freilich sind im Kopfe alter Leute die Jugenderinnerungen deutlicher eingeprägt als so manche Ereignisse nächstliegender Zeit; aber nur die Bilder sind es, die da geblieben – von den Gefühlen, von den großen Schmerzen und großen Seligkeiten, die im jugendlichen Herzen getobt haben, ist alles verweht und zerstoben – dafür hat das Alter nicht das geringste Verständnis. Wüsste ich nicht, dass es meine eigenen Schriftzüge sind, die ich da vor Augen habe, ich hielte diese Blätter für die ersten Versuche eines talentlosen Belletristen.

Am folgenden Tage war die Gräfin unwohl und blieb zu Bett. Ich musste den ganzen Tag bei ihr zubringen und hätte somit, auch ohne meinen Vorsatz, keine Möglichkeit gehabt, mich in den Garten zu begeben. Hier stehen wieder einige Dialoge verzeichnet, die in dem Krankenzimmer geführt worden sind.

»Du bist eine angenehme Pflegerin, Mirzl – und liest sehr hübsch vor – ich glaub' schon, dass ich mit dir zufrieden sein könnte. Nur merk dir, was ich wegen der Liebschaften gesagt habe. Du wirst ganz rot? – Setz dich her ans Bettende und erzähl: Hast du nicht einen Schatz zu Hause?«

»Ich will Frau Gräfin nicht täuschen: in der Tat, ich liebe.«

»In der Tat – sie liebt! Was das für eine Sprache ist. – Und wen liebst du, wenn man fragen darf?«

»Einen braven Jungen, den Sohn eines Schmiedes ...«

»Hm – wird das zu deiner Bildung passen? Denn du scheinst mir weit über deinen Stand hinaus erzogen.«

»Die Bildung ist eine Zufallssache und kann nachgeholt werden. Hauptsache ist doch der große Charakter und die schöne Seele – und dies besitzt derjenige, den ich –«

»Den du liebst? Desto besser. Aber ich wollte es doch erst bewiesen haben, eh' ich's glaube.«

»Ich habe Beweise.«

»So? Und bist du mit dem hochbedeutenden Schmiedlein schon verlobt?«

»Ja ... das heißt, ich bin's –«

»Und er noch nicht? So wirst nur du ihn heiraten – ohne sein Mitwissen?«

»Ach bitte, Frau Gräfin, fragen Sie mich nicht aus – es ist mir peinlich.«

»O, ich bin nicht neugierig. Kann mich nur ärgern, dass alle Mädel – alle – immer Heiratsgedanken im Kopf herumtragen. Da bist du – ein halbes Kind noch: statt froh zu sein, eine Stelle gefunden zu haben, wo du jahrelang angenehm leben könntest; vielleicht auch, wenn du brav ausharrst, zu einer Erbschaft gelangen, die dich für dein Leben sorgenfrei machte; – statt dessen hegst du auch keinen sehnlicheren Wunsch, als dir einen armen Handwerker anzuketten, der dich vielleicht prügeln wird, oder ein Säufer ist, jedenfalls dir ein halb Dutzend Kinder verschafft, die du kümmerlich ernähren musst – o, ihr dummes, dummes Mädelvolk!«

»Bitte tausendmal um Verzeihung für die Kühnheit meiner Bemerkung – aber Frau Gräfin sind ja auch nicht ledig geblieben.«

»Schnabel! – Bereite mir ein Glas Zuckerwasser.«

VIII.

Im Laufe des Nachmittags. Ein leises Klopfen an der Tür des Nebenzimmers. Ich trat hinaus, um zu sehen, wer da sei. Es war Graf Paul.

»Wie geht es meiner Mutter?«

»Sie schläft, gnädiger Herr.«

»Dann will ich jetzt nicht hinein. Ich habe nach dem Arzt geschickt – er muss wohl bald kommen, ich werde ihn hier erwarten. Bleiben Sie doch einen Augenblick da, Mirzl – Fräulein Mirzl ...«

»Ich bin kein Fräulein.«

»Gleichviel – Sie gehören zu jenen, die man entweder mit Du oder mit Majestät ansprechen sollte – entweder stürmisch ans Herz drücken oder bis zu Boden grüßen. Das ist die Macht der Schönheit: Sie stößt uns Leidenschaft oder Ehrfurcht ein.«

»Mirzl!« ruft es aus dem Schlafzimmer.

»Hier bin ich, Frau Gräfin.«

Paul tritt hinter mir ein. »Ich komme nachsehen, Mutter –«

»Das ist schön von dir. Setz dich her an mein Bett – und du, Mirzl, du brauchst nicht fortzugehen. Lass dich nur dort am Arbeitstischchen nieder und säume meine Taschentücher ein! Du störst uns nicht.«

Und die Gräfin begann mit ihrem Sohne Englisch zu sprechen. Ein Ehrlichkeitsgefühl drängte mich zu sagen, dass ich dieser Sprache kundig sei, aber ich hielt inne – eine Handwerkerstochter, welche Englisch spricht: das hieße doch sich verraten. Zudem war mir auch gar zu interessant, was da Graf Paul eben zu reden anhub:

» What a remarkably nice girl you've got there!«

»Ja, sie ist nicht übel,« antwortete die Mutter. »Mit einem Dorfschmied oder so etwas verlobt.«

»Wie schade!«

»Warum schade – sie wird doch ihre Hand nicht für den Kronprinzen aufheben wollen? Aber da wir gerade vom Heiraten sprechen, Paul, hör mich an –«

»Schon wieder, Mutter? Du benutzest dein Unwohlsein, um mich meuchlings mit den alten Ermahnungen zu überfallen,«

»Freilich benütz' ich diese Gelegenheit, denn sie ist eine gute und feierliche. Wenn man krank ist, denkt man an den Tod – und du weißt, ich könnte nur ruhig sterben, wenn ich dich gut und glücklich verheiratet sähe.«

»Sprich doch nicht so düstre Sachen, anlässlich einer so unbedeutenden Unpässlichkeit – morgen bist du hoffentlich wieder gesund. Und was nennst du gut heiraten?«

»Das will ich dir sagen. Ein Mädchen, das jung und schön, aus guter Familie und reich ist.«

»Du verlangst viel – vergissest aber die zwei Haupteigenschaften, die zwei einzigen Eigenschaften eigentlich, die ich fordere, nämlich: liebend und geliebt.«

»Die finden sich, wenn alles Übrige stimmt. Ich habe jetzt eine herrliche Partie für dich im Sinn.«

»Die wäre?«

»Du weißt doch, die junge Aglae Dürrhof? – Nun, die ist mit einer Cousine aufgezogen worden, von der sie mir nicht genug Schönes zu erzählen wusste. Fräulein Seraphine – so heißt dieses Wunderwesen – ist eine siebzehnjährige Waise, sehr hübsch, und besitzt ein selbstständiges Vermögen von einer Million. Es ist dir nicht unbekannt, dass unser Gut sehr belastet ist –«

»Ich weiß, dass meine eigene Arbeit genügen wird, es zu entlasten. Nicht umsonst studiere ich Landwirtschaft, und wenn ich einmal unsere Steinbrüche in Betrieb gesetzt habe –«

»Du bist doch nicht geschaffen, das ganze Jahr hier zu verbringen?«

»Warum nicht? Übrigens so viel bliebe mir immer noch, um manchmal einige Zeit in der Stadt zu verleben oder zu reisen –«

»Das alles wäre mit einer steinreichen Frau viel leichter –«

»Und wenn's eine angenehme Frau wäre, auch viel angenehmer, das gebe ich zu. Aber ich muss abwarten, dass mir eine so gefalle, so gewaltig in die Seele greife, dass ich mir sage: ›Die oder keine!‹ Dann wird's aber auch die – auch wenn sie ein armes Bürgermädchen wäre.«

»Gegen meinen Willen, Paul?«

»Reden wir nicht davon, Mutter – wozu uns beide aufregen?«

»Sobald ich gesund werde, reise ich nach Niederösterreich und nehme mir einen Empfehlungsbrief Aglaes an die Pflegeeltern des Fräulein Seraphine mit. Du wirst mich doch begleiten?«

»Mit Vergnügen –«

»Und wenn du dich verliebst ...«

»Aber auch nur dann. Doch gerade in diesem Augenblick wird mir's schwerfallen, mich zu verlieben. Denn ich habe in jüngster Zeit ein Frauenbild gesehen, welches meinen Sinn so eingenommen hat, dass ich wohl für lange keine andere schön und begehrenswert finden kann.«

»Und wer ist dieses Phänomen, wenn man fragen darf?«

»Das sag' ich nicht. Doch du hast nichts zu fürchten: Die Betreffende ist nicht frei.«

Was war's, was mich bei diesen Worten in meinem Innern bewegte? War's eine frohe Ahnung, dass jenes Frauenbild dasselbe sei, zu dem er vor einer Viertelstunde gesagt, dass er es in die Arme schließen oder bis zu Boden grüßen wollte? Oder war's eine eifersüchtige Regung, dass es eine andere sein konnte – irgendeine reizende und kokette Frau aus der Gesellschaft? Doch, was hatte ich denn überhaupt für Freud' und Leid zu fühlen anlässlich der Liebesangelegenheiten des Grafen Paul – ich, die Schicksalsverlobte des Franzl? Aber ein lieber, achtungswerter Mensch, dieser junge Graf! Wenn er eine reiche Heirat ohne gegenseitige Liebe verschmähte, wie stolz und tapfer er sich durch eigene Arbeit sein angegriffenes Vermögen wiederherstellen wollte. Doch dieser geplante Besuch bei meinem Vormund – das könnte eine schöne Geschichte werden! Da musste ich vorher mein Schicksal mit Franzl schon zum Abschluss gebracht haben.

Zum Abschluss – aber wie? Jetzt, wo sie zur Wirklichkeit geworden, kam mir die Sache nicht mehr so leicht vor, wie die Jahre über, wo sie in meiner Fantasie sich abgespielt. Die Energie, welche erforderlich war, um aller Welt zum Trotz zu erklären, dass ich des Schmiedfranzls und keines anderen Frau werden wolle, diese Energie begann in mir zu erlahmen. Aber hatte ich denn überhaupt noch eine andere Wahl? Musste ich nicht – wenn ich auch auf Franzl zu verzichten hätte – musste ich dem Grafen Paul und jedem anderen Ehrenmanne nicht sagen: Nein, ich bin nicht würdig von dir zum Weibe genommen zu werden, denn ich habe schon geliebt und schon einen Kuss getauscht? – Und jetzt, nach diesem Abenteuer, nach dieser Verkleidung, wer würde mich denn überhaupt noch für unbescholten nehmen – Paul am allerwenigsten. Nein, nein, es war das Beste, gleich die Schiffe hinter mir verbrennen, gleich dem Franzi mich versprechen.

IX.

In mein Zimmer zurückgekommen, schrieb ich folgende Zeilen nieder. Hier steht noch der Aufsatz dazu:

»Franz Hubinger! Sie haben mir gestern gesagt, dass Sie einen Schatz glücklich machen wollen. Ich bin entschlossen, glücklich zu werden. Wegen der Krankheit der Gräfin kann ich heute nicht in den Garten – also schreiben Sie mir!«

Auf dieses Dokument, welches das Küchenmädchen beim Gemüseholen nach seiner Bestimmung trug, erhielt ich durch dieselbe Botin folgende, hier ebenfalls – und mit Beibehaltung der Orthografie – abschriftlich eingetragene Antwort. Der Eindruck des Briefes war kein angenehmer. Schon das Papier: – ein Stückchen Makulatur, wie es der Dorfkrämer zum Einwickeln seiner Waren benutzt; dann die Schrift: an die Schulhefte zehnjähriger Kinder mahnend, aber der Inhalt, nun der war – interpunktionslos zwar – aber bindend.

»Wohlgeborenes Freilen Mirzl! Wanns kan Spaß nit machen thun so will ich ihr treier Schatz sein und fihle mich sehr gehert in der Erwartung Sie bald sehen können edle schöne Mirzl indem ich hofe meine hertzliche Liebe zu lohnen weil ich nicht mehr leben könnt ohne Mirzl morgen ist Kirtag jetzt bin ich für ewig mit Hochachtung Ew. Wohledelgeboren liebender Breitigam Franzl Hubinger.«

Als Stilist war Herr Hubinger nicht »groß« – das musste ich zugeben. Aber war es seine Schuld, dass ihm die Vorteile einer akademischen Bildung nicht zuteilgeworden? War sein Charakter darum minder erhaben angelegt? Und würde es ihm nicht ein Leichtes sein, wenn er reich geworden, das bisschen Schliff nachzuholen, das ihm fehlte?

Wieder verbrachte ich eine halb schlaflose, halb schwer durchträumte Nacht. Es war mir gar so ein neues, ein Viertel glückliches, aber drei Viertel schreckliches Gefühl, Braut zu sein. Mir träumte von dem morgigen Kirchweihfest – das sollte mein erster Ball und zugleich mein Verlobungsfest sein. Ein fröhlicher Walzer erklang: »Komm, Mirzl, tanzen wir.« Ich ließ mich umschlingen und im Tanze fortdrehen, den Kopf an die Schulter meines Franzl gelehnt – mein Franzl, der mir desto lieber und vertrauenerweckender war, als er des Grafen Paul feine Züge hatte, als er, zu mir sich herabbeugend, mit seiner sanften Stimme mir zuflüsterte: »My darling – my queen ...«

Am folgenden Tag bat ich die Haushälterin Nani, mich auf den Tanzplatz zu führen – allein hätt' ich mich doch nicht hingewagt. Die Gräfin war wieder hergestellt. Sie selber ermunterte mich, das Fest zu besuchen.

»In deinen Jahren muss man auch Belustigungen haben – geh nur tanzen, Kind – wirf dich in Staat, du wirst schöner sein als alle Mädeln im Dorf – und doch sind viele hübsche dabei. Zu lang' darfst du aber nicht bleiben. Später, wenn das Trinken angeht und die Burschen zu schreien und zu raufen anfangen, da musst du fortgehen.«

Als ich fertig Toilette gemacht, musste ich mich der Gräfin zeigen.

»Eine wahre figurine de Sèvres!« rief sie aus.

Ich hatte mich in der Tat ein wenig rokoko herausgeputzt. Ein geblümtes Kleid mit aufgerafftem Überwurf; rosafarbene Strümpfe und hohe Hackenschuhe; ein Spitzenhäubchen und Rosen auf dem hochfrisierten Haar; Rosen auch am Ausschnitt des gekreuzten halb durchsichtigen Busentuchs; schwarze Sammetbänder um Hals und Arme.

Was ich den ganzen Tag über für Gedanken und Gefühle hegte; wie ich der bevorstehenden Begegnung mit Franzl – dem ich mich inzwischen verlobt hatte – entgegensah, das kann ich heute nicht mehr erzählen, denn ich finde es im Tagebuche nicht verzeichnet. Vermutlich war ich in einem Zustand halber Blödsinnigkeit; vielleicht ging ich zum Tanzplatz wie ein geschmücktes Opfer zum Scheiterhaufen; oder wie ein Kind zu einer Partie »blinde Kuh«, oder wie ein sündhaftes Weib zu einem Stelldichein – ich weiß es nicht mehr.

Die Ereignisse des Bauernballes selber, die stehen wieder da und ich kann sie der Reihe nach berichten.

Neben dem Wirtshaus war eine aus Brettern gezimmerte, mit Reisig geschmückte Tanzhütte errichtet; daneben, im Freien, standen zahlreiche Tische und Bänke, welche alle dicht besetzt waren. Als wir ankamen – Nani und ich – wurde eben eine Polka ge – soll ich sagen getanzt, oder ge – trampelt? Die Paare waren so zahlreich, dass sie sich Schulter an Schulter drängten; nur mit Mühe konnten sie sich fortbewegen und wiegten sich meist auf demselben Flecke hin und her. Wir mussten uns durchwinden, um zu dem Platze zu gelangen, den uns der Wirt an einem für uns hingestellten Tisch anwies. Aber während dieses Ganges wurde ich plötzlich aufgehalten, indem sich ein Arm um meine Taille legte. Ich schaute auf: Es war Franzl, der sofort im Polkaschritt – oder was war das für ein Schritt? – mich durch das wogende Dickicht schob.

Welch ein großer und schwieriger Augenblick! Hier war der Bräutigam, der neu gewonnene, und mein Herz sollte sich zu den gehörigen Weihgefühlen schwingen, während meine Füße den richtigen Takt zu den trippelnden Bewegungen meines Partners finden sollten – und beides wollte nicht recht gelingen. – Franzl, wie die übrigen Burschen auch, die besonders »fesch« waren, hielt eine brennende Zigarre im Mund. Das empörte mich.

»Werfen Sie das fort – so will ich nicht mit Ihnen tanzen!«

»No, wär' nit übel – an Vierkreuzerstengel – fortwerfen?«

»Augenblicklich – sonst ist alles aus.«

Er entfernte das beleidigende Kraut von seinen Lippen und reichte es einem andern Burschen hin:

»Da hast, Nazl, das schenk' ich dir.«

»Vergelt's Gott.«

»No sehen's, Mirzl, wie lieb ich Ihnen hab': So was hätt' i für keine andre tan, schon um zu zeigen, dass i nit a so mit mir umkommandieren lass', als wie a Pummerl. Aber wenn eine gar so viel schön und gar so viel guat is, wie Sie – sagen's, Mirzl, war denn das wirklich Ihr Ernst mit dem Brief?«

»Platz da!« schrie einer, »einhalten – die Herrschaft kommt, die Herrschaft kommt.«

X.

Die Musik hielt inne und alle Tanzenden stellten sich zurück, um die Herren und Damen aus dem Schlosse vorbeizulassen, welche gekommen waren, dem Kirchweihfeste zuzusehen. Es war Graf Paul mit mehreren jungen Freunden und zweien eben auf Besuch anwesenden Cousinen.

»Musik, Musik!« rief der junge Gutsherr. Sogleich nahm die Bande die unterbrochene Polka wieder auf – und die »Herrschaft« begann zu tanzen. Die Bauersleute trauten sich nicht mitzutun und schauten zu. Ich war noch immer an Franzls Seite und er sprach lebhaft auf mich ein; aber ich konnte ihn nicht verstehen, denn wir standen dicht unter den Musikanten.

Da gewahrte mich Graf Paul und auf mich zueilend, forderte er mich zum Tanze auf. – Ach, wie sich's in seinem Arm dahinflog! Als wir an der Gruppe seiner Freunde vorbeikamen, hörte ich, wie der eine zum andern sagte: »Donnerwetter, ist das ein Prachtmädel!« Dann zu meinem Tänzer: » Un morceau de roi – gratuliere, Paul!«

»Gehört nicht mir,« warf Paul zurück.

Bis ans Ende der Welt hätte ich so forttanzen wollen, so leicht dahinschwebend, von diesen sicheren und festen Armen über den Fußboden gehoben; – mit Lust atmete ich den bekannten Kölnerwasserduft, der aus dem Taschentuch wehte, welches, rot gerandet und mit rotem Monogramm gestickt, aus der Brusttasche des Grafen hervorschaute – das tat nach der Zigarre meines vorigen Tänzers doppelt wohl. Auch die Worte, die mir mein jetziger Partner während des Drehens zuflüsterte, träufelten mir süß betäubend in den Sinn.

»Mädchen, wunderholdes Mädchen, so viel Schönheit könnte mich rasend machen. Dieses Augenfeuer – dieses herrliche Gesichtchen spricht ganze Gedichte von Glück und Liebe. Du bist nicht für deine jetzige Stellung geschaffen, du musst einen Menschen zum Gott machen und dabei selber wie eine junge Göttin leben, von Glanz und Freude umgeben – du musst ...«

»Ich muss Ihnen verbieten, so zu mir zu reden, Herr Graf. Ich bin ein ehrbares Mädchen. Sie dürfen nicht ›du‹ zu mir sagen –«

»Fern ist mir die Absicht, Sie zu beleidigen, Liebliche! Ich habe Sie geduzt, wie man Feen und Engel duzt. Wenn Sie mir erlauben wollen, Sie zu lieben, Sie auf Händen zu tragen ...«

»Führen Sie mich sofort zu Frau Nani –«

»Mirzl!«

»Sofort – ich befehle.«

»So ist's recht: Indem Sie befehlen, erklären Sie sich zu meiner Herrin – mehr verlang' ich nicht – und ich gehorche.«

Er brachte mich zu der Stelle, wo Frau Nani saß, und verneigte sich da so ehrerbietig vor mir, wie er auf dem Hofball sich vor seiner Tänzerin verneigen mochte, welche er nach beendeten Lanciers an die Seite der Gräfin-Mutter zurückgeführt.

Wie gern hätte ich ihn noch in meiner Nähe behalten, wie gern noch länger solche Reden angehört, die ich ihm verbieten musste – aber jetzt entfernte er sich und gleich war Franzl neben mir.

»Hören's, Mirzl – dös duld' i nit! Wenn's mi gern hab'n woll'n, so derfen's Ihnen von solche schöne Herren keine Komplimente in die Ohren wischpeln lassen. Der wollt' ja doch nix anders, als Sie zum besten haben.«

»Reden wir nicht davon, Franzl. Wenn ich wollte, würde der Graf sich eine Ehre daraus machen, mich zur Frau zu nehmen.«

»Dass ich Ihnen nit auslach'! Aber erst – wer weiß? Aus Lieb' hab'n schon manche hohe Herrn ärgere Dummheiten g'macht – und Sie san gar sakrisch sauber. Aber das sag' ich Ihnen, Mirzl, wenn's wen andern heirat'n, so tu i mir a Leids an.«

»Haben Sie mich denn gar so lieb?«

»Und wie! Wann's mi nimmer mög'n, müsst' i elend sterben.«

»Meinethalb Ihr Leben verlieren – Sie, der Sie meinethalb Ihr Leben in die Schranken geschlagen –«

»Was sagen's?«

»Das soll nimmermehr sein. Ich werde beweisen, dass auch ich groß denken kann, dass ich –«

In diesem Augenblick kam Graf Paul wieder auf mich zu:

»Wollen wir noch ein Tänzchen machen, Fräulein Mirzl?«

Eine Wonne – ich schwöre es, eine Wonne wäre es mir gewesen, mit ihm davonzutanzen. Aber jetzt oder nie musste ich groß und edel sein – mich auf der Höhe meiner romantischen Lage erhalten.

Ich blickte von Paul zu Franzl – dieser machte ein finsteres Gesicht – und indem ich meinen Arm in den Arm des Gärtnerburschen legte, sagte ich zum Grafen:

»Nein, ich danke vielmals. Dieser Tanz gehört Franz Hubinger – meinem Bräutigam.«

Und ohne das verblüffte Gesicht des jungen Edelmannes eines weiteren Blickes zu würdigen, zog ich Franzl in eine neue Trampeltour fort.

»Das war schön von dir, Mirzl,« sagte er mir, »aber nit recht g'scheit. Der Herr Graf wird sich vielleicht ärgern, dass der Gärtnerg'sell schon ans Heirat'n denkt, und jagt mi davon.«

»Das macht nichts.«

»Das macht nix? No, du redst an schönen Unsinn zam – glaubst, i find wieder leicht so a gute Stell'?«

Das »du« war mir nicht recht – es sägte so eigens widerwärtig an meinem Gehörnerv – aber konnte ich's dem eben verkündeten Bräutigam verbieten?

»Wir brauchen keine Stelle,« antwortete ich.

»Nit? – Hast etwa so viel Erspartes?«

»Ja – ich hab' etwas.«

»Wie viel denn?«

Die Frage schien mir nicht » groß«. Desto mehr Vergnügen machte es mir, dieselbe verblüffend zu beantworten:

»Wie viel? – Eine Million.«

Franzl lachte; er mochte den Witz gut gefunden haben.

XI.

Der Ball nahm seinen Fortgang. Die Damen aus dem Schlosse hatten sich bald entfernt, die jungen Herren aber waren geblieben und hatten sich zusammen an einen Tisch gesetzt. Als ich einmal am Arm eines Jägerburschen an diesem Tisch vorbeitanzte, stand der Graf auf und hielt mich fest.

»Auf ein Wort, Mirzl.«

Mein Tänzer wich bescheiden zurück.

»Was ich Sie fragen wollte...« begann Paul. »Ist es denn wirklich wahr? Ist der Hubinger Ihr Bräutigam?« Ich senkte den Kopf. »Ich kann nicht finden, dass er zu Ihnen passt, Mirzl. Er ist ja sehr hübsch und mag ganz brav sein – aber eine solche Perle wie Sie – in so raue Fassung! Sind Sie denn wirklich mit Ihrem Herzen im Klaren?«

»Wie Sie mich das so teilnehmend fragen, Herr Graf –«

»Ja: wahrhaft teilnehmend – Sie haben das richtige Wort gesprochen – glauben Sie mir, ich habe keine böse Absicht, Sie Ihrem Glücke zu entreißen – ich frage mich nur, ob das wirklich ein Glück sein wird? Ich habe mich verliebt, ja, ich gestehe es offen, aber ich kann diese Anwandlung niederkämpfen, wenn es sein muss, und sie in ein warmes Wohlwollen umwandeln. Erinnern Sie sich, dass Sie einen Freund an mir besitzen. Wenn Sie mich brauchen – sei's um sich von Franzl zu trennen, sei's um sich mit ihm zu vereinen, wenn es hierzu z. B. an einer besseren Anstellung fehlte – dann denken Sie an mich. Und jetzt – behüt' dich Gott.«

Er drückte mir die Hand und ging. Regungslos blieb ich auf dem Flecke stehen und schaute ihm mit einem schweren Seufzer nach.

Das Fest wurde immer lauter. Die Nacht war völlig hereingebrochen und die Öllämpchen in der Tanzhütte wurden angezündet; auf den Tischen draußen brannten Kerzen unter Glaskugeln. Wein und Bier wurden reichlich ausgeschenkt; schon erhitzten sich die Gesichter und stiegen die Stimmen. In die dunklen Seitenwege verloren sich verschiedene Paare. Lachen, Schreien, Johlen, das Stampfen der Tänzer, die schrillen Weisen der nunmehr auch schon angeheiterten Musikanten füllten die mit unangenehmem Wein- und Pfeifenqualm gefüllte Luft auch mit unangenehmen Tönen.

Mir ward immer banger und unheimlicher. Nein: Solchen Festen würde Franzi entsagen müssen, aber er schien sich darin wohlzufühlen, wie ein Fisch im Wasser. Unaufhörlich tanzte er mit dieser oder jener. Ost auch stieß er sein Glas an andere Gläser – und stimmte in die verschiedenen »Hoch soll er leben – hoch soll er leben – er le – be – Hoch!« begeistert ein. Mit mir konnte er später nicht viel reden, denn ich drückte mich an die Seite Nanis und gab vor, nicht mehr tanzen zu wollen.

Endlich erreichte er es doch wieder einmal, dass ich seinen Arm nahm. »Ich muss, ich muss mit dir red'n,« hatte er mir zugeflüstert. Gut, dachte ich, reden wir, denn ich hatte ihm auch etwas zu sagen. Nämlich, dass wir noch ein paar – nein, nicht Wochen – ein paar Jahre mit der Hochzeit warten müssten. Ich ließ mich also von ihm fortführen.

Als wir an dem Tische vorbeikamen, wo der junge Graf mit seinen Freunden saß, rief der Erstere:

»Halt! – Lassen wir dieses hübsche Bärchen leben.«

Abermals gab's einen Tusch: Hoch sollen sie leben – usw. Franzl machte einen Kratzfuß.

»Dank schön, gnädige Herren – komm, Mirzl.« Und er schob mich weiter.

Meine Wangen brannten. Ich hatte das angenehme Gefühl, das man ungefähr nach Erhaltung einer öffentlich applizierten Ohrfeige haben mag.

Doch es war nicht nach dem Tanzplatz, dass Franzl unsere Schritte lenkte: Er bog in einen Seitenweg des Wirtshausgartens. Ich hatte nichts einzuwenden, denn da konnte man besser sprechen, und ich schickte mich also an zu sagen, was ich auf dem Herzen hatte.

»Hören Sie mich an, Herr Hubinger. Ich beabsichtige, morgen von hier wegzureisen – als Ihre Braut – bedingungsweise; das heißt, Sie werden durch drei Jahre eine Universität beziehen –«

»A, da hab' ich's. Hab' schon glaubt, dass ich's verlor'n g'habt hab' – mein Taschenfeitel – bin ich aber froh! Jetzt, mein Schatzel, red'.«

Also hatte er mich gar nicht gehört, sondern die Zeit über sein Taschenmesser gesucht. Es hieß denn, von vorn anfangen:

»Mein lieber Franzl, es handelt sich um wichtige Maßregeln –«

»I bitt di gar schön, plausch nit.«

»Es handelt sich nämlich ... Aber kehren wir um, hier wird es finster –«

»Je finstrer, je besser – du Marzipanherzl du – die Pußeln hab'n ka Farb!«

Ein Schrei, so laut, so gellend, wie unter einem Mordanfall entfuhr meinen Lippen. Diese Berührung – roh und rau – gemein und brutal – o der eine Augenblick! Es war ärger, ärger, ich schwör' es euch, als jener, wo der schnaubende Stier sich über mir gebeugt. Da hab' ich's erfahren, dass Todesangst gering ist gegen die instinktive Angst, welche die jungfräuliche Reinheit unter dem Attentat der männlichen Sinnengier erfasst. Ein Augenblick nur zum Glück; denn auf meinen Schrei ließ mich mein Angreifer los und von allen Seiten kamen Menschen herbeigerannt. Ich lief ihnen entgegen – Franzl mir nach.

»Was gibt's? Was ist geschehen?« riefen die Leute.

»Dummheit – nix is g'schehn – geht's außernander, Leuteln – des Madel is a biss'l verruckt.« Und er packte mich wieder beim Arme.

Ich aber riss mich los und stürzte auf Paul zu, den ich eben erblickt.

»Helfen Sie mir – retten Sie mich!« flehte ich, mich an ihn klammernd.

41

Er legte seine Hand um meine Schulter.

»Seien Sie ruhig, Kind! Hubinger, was soll das heißen?«

Aber Franzl war wild geworden. Er trat vor.

»Die g'hört mir, Herr!«

Die andern, erschrocken, dass er gegen den Gutsherrn die gebührende Achtung vergesse, hielten ihn zurück.

Er ballte die Faust und schlug um sich.

»Wollt's mi loslassen – ös dummes Volk? Glaubt's denn, i hab' das Madel fressen woll'n?«

Es kamen immer mehr Menschen herbei – der ganze »Kirtag« bildete einen Kreis um uns. Franzls Augen rollten:

»I lass' mir solche Dummheiten nit g'fall'n,« schrie er.

»Ruhig, ruhig, Kind,« klang es wieder von meines Beschützers Munde, und er schmiegte mich noch inniger an sich.

»I bin ka Hanswurscht,« tobte der andere weiter. »Und das Madel braucht nit zu machen, als hatt' ich's g'stohlen: I kenn's gar nit. Sie is mir nachg'laufen – nit ich ihr. Seit zwei Tag' is erst da – vordem hab' ich's gar nie g'sehn – und sie hat mir an Heiratsantrag g'macht.«

Der Arm des Grafen ließ mich los. Er trat einen Schritt zurück:

»Ist das wahr. Mirzl?«

Ich aber wandte mich um, um zu fliehen. Ich stieß ein paar Frauen zur Seite, die hinter mir gestanden, und lief fort, fort, an dem nunmehr leeren Tanzplatz vorbei, durch die Dorfstraße bis ins Schloss und geradewegs in den dritten Stock auf mein Zimmer.

Dort sank ich kniend vor meinem Bette nieder und schluchzte – schluchzte, wie ein armes, hart gezüchtigtes Kind unter den ärgsten Hieben schluchzt.

XII.

Nach kurzer Zeit war ich erschöpft; ich konnte nicht mehr weiter weinen, obwohl noch für manchen Tränenstrom der Schmerzvorrat mein Herz erfüllte. Ich erhob mich von meiner knienden Stellung und ging zum offenen Fenster hin, wo der Mond in vollem Glanz hereinschien, das Gemach beinah taghell erleuchtend. Ich setzte mich auf die Brüstung und sah hinaus. Nicht hinab auf die Straße – die lag zu tief –, sondern in das Geflimmer der Sterne, in die blauen Nebellichter der Milchstraße. Wie klein mein Kummer in Anbetracht zu diesen Myriaden-Welten – und doch wie groß, wie unerträglich groß für mich! Vom Wirtshaus klang noch die verhasst gewordene Trampelmusik herüber – nur die Begleitakkorde hörte man – mir graute davor. O, der Blick des Grafen, als er betreten zurückwich: »Mirzl, ist das wahr?« – Ja, es war wahr. Wie er mich jetzt verachten mochte... Was nun? Was morgen tun? Nur eins war möglich: Nicht erst abwarten, dass die Gräfin nach dem Bericht der Wirtshausszene mich davonjage, sondern fliehen, zu Aglae fliehen und ihr sagen, dass ich lieber von zehn Stieren zerfleischt werden wollte, als noch einmal in einem finstern Baumgang mit Franzl allein sein. Ein Geräusch weckte mich aus meinem Sinnen. Ich sah mich um und ließ mich erschreckt vom Fensterbrett herabgleiten: Es hatte sich die Tür geöffnet und eine männliche Gestalt näherte sich. Meine Kehle war zugeschnürt – ich konnte keinen Schrei ausstoßen. Doch als die Gestalt in den Bereich des Mondstrahls trat, fand ich meine Stimme wieder – es war der Gefürchtete nicht.

»Graf Paul – Sie!«

Jetzt stand er an meiner Seite im Fenster und hatte meine Hand erfasst.

»Ja, Mirzl, ich. Sie sind mir dort so entflohen – ich wollte Ihnen nicht nach – ich zog es vor, den wütenden Franzl zurückzuhalten, der Sie sonst verfolgt hätte. Unglückliches Kind – wie konnten Sie sich nur in den verlieben? – und noch dazu so rasch: in zwei Tagen? Ich dachte, Sie seien seit Langem seine Braut und deshalb hierher gekommen –«

»Ach, ich Unglückliche!«

»Aber nicht wahr, Herz, jetzt mögen Sie ihn nicht mehr? Jetzt werden Sie Ihre Huld einem Würdigeren schenken? Einem, nicht wahr, der Sie zart und sanft behandeln wird.« Er trat näher an mich heran, »der liebevoll und innig –«

Ich wich zurück.

»Graf Paul, lassen Sie mich! Wie gering, o wie gering Sie von mir denken!«

»Mirzl!«

»Freilich, der Schein ist gegen mich und ich kann mich jetzt nicht rechtfertigen – aber glauben Sie mir – bei meinem Eide – ich war das Opfer eines Irrtums – nicht diesen Franzl hab' ich geliebt, sondern ein Bild meiner kindischen Fantasie – ich verdiene Ihre Verdammung nicht –«

Er glitt langsam auf die Knie.

»Ich verdamm' dich nicht, reizendes Geschöpf – ich lieb' dich!«

Ein heißer Taumel ergriff mich – eine Sehnsucht, auf dieses zu mir erhobene Antlitz, dessen lieb verklärte Züge der Mond bestrahlte, mich herabzubeugen, wie Gretchen zu Faust – die Oper hatte ich gesehen – und wie jene zu hauchen: »Dich bet' ich an – will ster –ben gern für dich ...« – Aber noch rechtzeitig kam ich zu mir: das war ja nicht ich, der diese Werbung galt – nicht das romantische, verirrte, aber unschuldige Mädchen aus ebenbürtigem Hause – das war die leichtfertige Geliebte des Gärtners, die kokette, Männer nachlaufende Zofe – und was der junge Graf hier suchte – was er berechtigt war hier zu suchen – war ein munteres, kleines Abenteuer.

»Um Gottes Willen, stehen Sie auf – gehen Sie fort. Wie konnten Sie überhaupt hierher zu dringen wagen? Ach, ich Arme – so stolz zu sprechen hab' ich wohl in Ihren Augen kein Recht. Also denn, ich befehle nicht, ich bitte, ich flehe ... verlassen Sie mich! Wenn jemand käme – ich wäre verloren!«

»Mirzl, du holdes Kind, zier' dich nicht.«

»Herr Graf – ich rufe –«

»Vergebens, es ist niemand in der Nähe – die ganze Dienerschaft ist beim Tanz.«

»Graf Paul,« sagte ich und faltete die Hände in höchster Angst – »Paul, lieber, herrlicher Paul, sei barmherzig: geh!«

Er stieß einen Schrei des Entzückens aus; dieses liebende »du« mochte ihm die Sinne geraubt haben und er umfasste mich stürmisch.

Zum zweiten Mal an diesem Tage erwachte das Gefühl meiner bedrohten Mädchenehre: Laut aufschreiend riss ich mich aus seinen Armen los, schwang mich auf das Gesims des offenen Fensters und von da – in die Tiefe hinab.

XIII.

Du schweigst, Tante? Ist die Geschichte aus? Warst du tot?

»Nein; ebenso wenig wie nach der Stierepisode. Ihr könnt darüber leider nicht im Zweifel sein.«

»Zum Glück. Dieses Ende wäre ja gar zu tragisch gewesen.«

»Nicht tragischer als das der Virginia, oder das der Emilia Galotti. Für jede Standesehre ist schon oft gestorben worden; es ist nicht zu wundern, wenn auch zur Wahrung der Jungfrauenehre das Leben eingesetzt wird – desto verzweifelter eingesetzt, als es die Flucht vor einem unbekannten Schrecken gilt!«

»Wärest du gesprungen, Malwine?« fragte der Leutnant.

»Natürlich –«

»Ja, – dem schönen Grafen um den Hals.«

»Deine Schwester wäre überhaupt nicht in die Lage gekommen,« fiel die Tante ein, »sie ist ein zu gescheites und zu wohlerzogenes Mädchen, als dass sie jemals solche Maskerade unternommen hätte. Die Schwierigkeiten meiner Lage waren nur die gerechte Strafe des Leichtsinns, mit welchem ich die Schranken der Schicklichkeit durchbrochen hatte; die Gesellschaft ist so eingerichtet, dass, wer gegen ihre waltenden Gewohnheiten verstößt –«

»Keine sozial-ethischen Betrachtungen, mein liebes, gutes Tantchen! Bitte, erzähle weiter – die Situation ist ja spannend. Was tat Graf Lotz nach diesem deinem Heldensprung? Und warst du schwer verletzt?«

»Nur betäubt. Es stand zufällig ein mit leeren Mehlsäcken gefüllter Wagen unter meinem Fenster. Auf diese war ich hingefallen, zwar ohne Schaden zu nehmen, aber doch unsanft genug, um die Besinnung zu verlieren.

Als ich wieder zu mir kam, lag ich auf meinem Bette und die alte Nani saß neben mir. Es dauerte einige Minuten, bis ich meine Erinnerungen gesammelt hatte und wusste, wer ich sei und was geschehen. Meine erste, ziemlich überflüssige Frage war:

»Bin ich denn nicht tot?«

»Scheint nicht!« antwortete Nani mürrisch.

»Wie ist das nur möglich!« setzte ich den Ausdruck meines gerechten Staunens fort.

»Mehlsäcke sind nicht tödlich.«

»Mehlsäcke?« Ich wiederholte das Wort, ohne den Sinn zu fassen.

»Ja – auf solchen sind Sie gelegen – in des Müllers Wagen, der hier unter dem Fenster steht. Wie sind Sie da hinaufgekommen?«

»Hinauf? Nein hinab – von jenem Fenster aus.«

»Jessusmariaundjosef! Vom dritten Stock!! Also doch – ich glaubte, er fantasiere bloß.«

»Wer?«

»Der junge Herr – den man hier in Ihrem Zimmer gefunden – auf der Diele ohnmächtig. Wie ich vom Kirchweihfest nach Hause gekommen bin, vielleicht eine halbe Stunde nach Ihnen, will ich noch in Ihrem Zimmer nachsehen und schaun, ob Sie sich nicht schämen über die Geschichte mit dem Franzl. Ich klopfe an: keine Antwort. Ich mach' auf – es ist stockfinster. Ich zünd' ein Licht an und wen find' ich da? Den Herrn Grafen – leblos ausgestreckt, und von Ihnen keine Spur. Ich läute Sturm – der Graf wird in sein Zimmer übertragen, immer noch bewusstlos. Endlich macht er die Augen auf und fängt zu fantasieren an: »O – auf die Straße gefallen – vom Fenster – den Kopf zerschellt ...« Dann fällt er wieder zurück, von heftigstem Fieber geschüttelt. Wir haben gleich die Frau Gräfin geholt und um den Doktor geschickt. Nach Ihnen hat man gar nicht mehr gesucht. Soviel hat mir nur die Frau Gräfin, der ich die ganzen Geschichten erzählt habe, befohlen: »Dass mir das Mädel nicht mehr unter die Augen kommt. Sie soll augenblicklich von hier fort, besorgen Sie das, Frau Nani.« Nun ja, ganz natürlich – die Frau Gräfin ist sehr streng auf die Moral – und so ein nichtsnutziges Ding, das nicht nur mit dem Gärtnerburschen ein Verhältnis hat, sondern auch den jungen Herrn in ihrem Zimmer empfängt, der [...][1] ihres Bleibens könnte im Hause nicht sein. Aber um Sie wegschicken zu können, hätten Sie erst da sein müssen – und wie gesagt, im ganzen Haus keine Mirzl. Zwei Stunden später aber, neuer Krawall: Jemand entdeckte eine Gestalt auf dem Müllerwagen ...«

»Verzeih die Unterbrechung, Tante, aber jene Mehlsäcke kamen doch wieder merkwürdig rechtzeitig unter dein Fenster gefahren ...«

»So geht es immer in der Welt –«

»Immer kommen Mehlsäcke rechtzeitig angefahren?«

»So geht es, meine ich, dass die Wirklichkeit stets sonderbarere und merkwürdigere Umstände herbeiführt, als man wagen würde zu erfinden. – Aber ich fahre fort. Es ist nämlich immer noch Nani, welche spricht:

»In dieser Gestalt erkennt man die Mirzl, und es wird jetzt abermals ein lebloser Körper auf sein Bett gebracht. Und trotz allem Reiben und Beuteln und Spritzen und Essigeinatmen sind Sie nicht zu sich gekommen. Warum Sie auf den Wagen überhaupt hinaufgekrochen waren, das hat man sich nicht recht erklären können – einige meinten, es sei zum Rauschausschlafen – darüber habe ich aber doch Zweifel ausgedrückt. Erst jetzt wird mir's klar: Sie sind vom Fenster aus hinabgefallen. Wie es scheint, hat unser junger Herr zugesehen und ist darüber erschrocken.«

»Ja, ja, so ist es. Weiß die Gräfin, wo ich gefunden worden?«

»Bis jetzt weiß sie nichts. Es ist auch besser, ihr nichts zu sagen, denn sie wird nur noch wütender werden, wenn sie wüsste, dass Sie, um junge Herren zu erschrecken, beim Fenster hinausspringen.«

»Das ist nicht meine Gewohnheit, Frau Nani.«

Ich richtete mich auf. Bis auf einen leisen Schmerz am Hinterkopfe fühlte ich mich gesund. Nur ein Wunsch beseelte mich: fort. Und so bat ich denn Nani, mir behilflich zu sein, das Schloss sogleich zu verlassen, um bei meiner Gönnerin, Frau Aglae, welche in der Nachbarschaft wohnte, Zuflucht zu suchen.

---

[1] Zeile/n fehlend im Original.

Da mein Wunsch mit der Weisung übereinstimmte, welche die alte Frau von der Gräfin erhalten hatte, so fand sie sich auch bereit, denselben zu erfüllen. Um so bereiter, als ich ihr anbot, das Geld, welches sie mir auszuzahlen hatte, zu behalten. So half sie mir meinen Koffer packen, ließ ein Bauernwägelchen anspannen – und es war noch früher Morgen, als ich mich einsetzte, um den Ort zu fliehen, wo ich so erschütternde Sachen erlebt und wo ich den Ruf zurückließ, ein – wie hatte Nani doch gesagt? – ein »nichtsnutziges Ding« zu sein.

Und doch, bei einem – dessen war ich sicher und das tröstete mich über die Meinung der andern – musste ich die Überzeugung wachgerufen haben, dass ich das Gegenteil von »Nichtsnutz« sei, dass ich Tugend und Ehre hoch halte, höher als das Leben. Jetzt musste er doch zur Einsicht gelangt sein, dass ich dem Franzl nicht nachgelaufen, dass ich keine leichtsinnige Bauerngeliebte sei, welcher nachzusetzen ein junger Edelmann sich keine Skrupel zu machen brauchte. Und er musste mich doch wirklich ein wenig lieb gehabt haben, wenn der Schreck über meinen mutmaßlichen fürchterlichen Tod ihn besinnungslos zu Boden warf. Wenn er zu sich käme, würde es ihm ein Trost sein, zu erfahren, dass ich unversehrt geblieben, und das Andenken an mich würde sein Leben lang ein gerührtes und ein achtungsvolles bleiben.

XIV.

Nach zwei Stunden war ich an meinem Bestimmungsort angelangt.

Aglae war eben erst aufgestanden und empfing mich bei ihrem Frühstück. Ihr Mann war zum Glück abwesend und so traf ich sie allein – worüber ich sehr erfreut war. Sie war die Einzige auf der Welt, der ich mich anvertrauen konnte, wenngleich ich auch voraussah, dass sie mich schwer verurteilen würde, denn ihr gegenüber war ich ja gewissermaßen verpflichtet, den Franzl zu heiraten, und davon konnte jetzt doch keine Rede mehr sein.

»Du, Seraphine – wirklich du?« rief sie bei meinem Eintritt. »Ich wollte es kaum glauben, als man dich meldete. Was kommst du in aller Gottesfrühe daher? Und so verstört aussehend – bist du unwohl? Ist etwas geschehen?«

»Ach, Aglae, meine Herzensfreundin, viel – viel ist geschehen. Und mir ist in der Tat nicht wohl –«

»Hast du vielleicht noch nicht gefrühstückt?«

»Gar nicht dran gedacht.«

»Da, nimm eine gute warme Tasse Tee – da, noch ein Löffelchen Rum dazu – so wird dir gleich besser werden.«

»Ja – das tut wohl!«

»Und jetzt erzähle – Franzl? Ich errate – o meine arme Freundin – er liebt eine andere?«

»Eher umgekehrt.«

»Eine andere liebt ihn?«

»Ich meine, eher ich, aber darum handelt es sich nicht. Franzl ist unmöglich, und auch ich bin dort im Hause unmöglich geworden. Du musst mich verstehen, Aglae, ich kann der Gräfin Lotz nicht mehr unter die Augen treten.«

»Um Himmels willen, Seraphine, – ist dir ein Unglück geschehen? Du bist so bleich – ich fürchte das Ärgste –«

»Ach, Aglae, wie konnte ich so töricht lieben?«

»Kind, sprich offen – ich bin ja deine beste Freundin. Wie hast du die letzte Nacht verbracht?«

»Auf Mehlsäcken.« Aglae blickte ein erstauntes Fragezeichen. »Ich war in den Tod gesprungen!«

»In was warst du gesprungen?«

»O, wenn du wüsstest, wie schön, wie verführerisch er war ...«

»Nun, ja, ein recht hübscher Bursch, soviel ich da unten schließen konnte – du weißt, ich habe ihn nur auf dem Schragen gesehen – aber gar so verführerisch –«

»Von wem sprichst du?«

»Ja – von Franzl. Von wem sprichst denn du?«

»Graf Paul –«

»Was! Der hat dich auf Mehlsäcke gelockt?«

»Niemand hat mich gelockt. Ich bin darauf gesprungen – ganz allein –«

»Sonderbares Vergnügen.«

»Ich hatte keinen andern Ausweg, Aglae. Du hättest dasselbe getan.«

»Bisher habe ich keine ähnliche Neigung verspürt; noch nie habe ich mich in so schwieriger Lage befunden, dass ich als einziges Auskunftsmittel zum Mehlsackspringen gegriffen hätte. Es will mir scheinen, Herzchen, du machst dir einen Spaß mit mir.«

Es dauerte noch lange, bis es mir gelungen, meine Geschichte auf verständliche Weise vorzubringen. Endlich war alles klargelegt, und zu meiner großen Beruhigung nahm ich wahr, dass Aglae nicht nur es mir nicht übel nahm, dass ich mich von Franzl losgesagt, sondern dass sie sich dessen sogar freute – dass es ihr ein Stein vom Herzen war. Auch tröstete sie mich wegen des vor drei Jahren erhaltenen Kusses: – das sei weiter nichts gar so Bedeutendes. Ärger war das Vergehen der jetzt durchgemachten Maskerade – aber hoffentlich lasse sich die Sache vertuschen, und käme sie doch ans Tageslicht, so war mir nichts Schlimmeres nachzuweisen, als ein mit dem Gärtnerburschen getriebener unschuldiger Scherz und eine gleichfalls unschuldige, auf einem Müllerwagen zugebrachte Nacht.

So wie mir Aglae zu meinem Streiche verholfen, so verhalf sie mir auch wieder zur unerkannten Rückkehr. Noch am selben Tage reiste ich heim. Hierauf begab sich meine Freundin zur Gräfin Lotz und erzählte, dass Mirzl Schulze zu ihr gekommen, von da aber, ohne zu sagen, wohin sie ihre Schritte wende, wieder fortgegangen sei, vielleicht hatte sich die Arme in irgendeinen Fluss gestürzt; man wisse gar nichts von ihr.

Über das Befinden des Grafen Paul musste mir Aglae natürlich Bulletins zuschicken. Er machte eine Nervenkrankheit durch, die ihn mehrere Wochen aufs Lager streckte. Seine erste Frage, als er zur Besinnung kam, galt der Mirzl Schulze, und die Nachricht, dass sie beim Fenstersturz nicht verunglückt sei, schien ihm große Erleichterung zu gewähren.

Nachdem er gesundet, machte er allerlei Schritte, um über das weitere Schicksal des interessanten Zöfchens Auskunft zu erhalten, jedoch ohne Erfolg. Aglae hatte strengsten Auftrag von mir, ihm nicht auf die Spur zu helfen. Um ihren Schützling befragt, gab sie an, von dessen Familie nichts anderes zu wissen als den Namen: Schulze – und den Aufenthaltsort: Wien. Damit war es schwer, ans Ziel zu gelangen.

Dem Franzl ließ ich eine anonyme Schenkung von ein paar hundert Gulden (über mehr konnte ich vor meiner Großjährigkeit nicht unauffällig verfügen) zukommen, mir vorbehaltend, die Summe später zu verzehnfachen, um so vor meinem eigenen Gewissen meinen Lebensretter doch einigermaßen gelohnt zu haben; – schließlich war ich doch nicht verpflichtet, ihm zum Lohn mich selber zu geben.

XV.

Ein Jahr war vergangen. Ich lebte mit meinen Vormündern in Wien und wir machten dort ein ziemlich großes Haus. Ich war von vielen Bewerbern umgeben, aber es war keiner unter ihnen, der mir so gut gefallen hätte, dass ich geneigt gewesen wäre, ihm meine Hand zu gewähren. Einst war es der Gedanke an Franzl, der mich gegen alle unempfindlich machte; jetzt war es der Gedanke an einen andern, der daran schuld war, dass ich mich zu keiner Wahl entschließen konnte. Keiner war mit Graf Paul zu vergleichen, keiner konnte den Eindruck auf mich hervorbringen, den jenes Züge damals hervorgebracht, als er mondbeschienen zu meinen Füßen gekniet. Wie ihr seht, ich war in Paul verliebt –«

»Hast aber schließlich doch Onkel Alfred geheiratet,« unterbrach Malwine; »und sehr bald darauf, denn soviel ich weiß, warst du mit achtzehn Jahren vermählt. Ah, Tante, Tante – die Beständigkeit in der Liebe scheint keine deiner hervorragendsten Mädcheneigenschaften gewesen zu sein.«

»Schnabel, – wie meine Herrin, Gräfin Lotz, bemerkt hätte – höre nur meine Geschichte zu Ende.

Ich hatte über Paul schon lange keine Nachrichten erhalten. Aglae war aus jener Gegend fortgekommen und sonst war ich mit niemand dort im Verkehr.

Eines Tages machte mir meine Pflegemutter folgende Eröffnung: Gräfin Lotz sei mit ihr in Briefwechsel getreten – es handle sich um eine Partie zwischen dem Sohne Paul und mir.

Also hatte die alte Dame diese Idee nicht fallen gelassen. Grässlich aber war mir der Gedanke, dass sie in mir das weggejagte Stubenmädchen wiedererkennen würde, und ich dachte schon an Mittel und Wege, einer etwaigen Begegnung zu entgehen und war auf dem Punkte, zu erklären, dass ich von so einer Partie durchaus nichts wissen wolle. Aber ich schwieg. Denn plötzlich erfasste mich die Sehnsucht, Paul wiederzusehen. Wer weiß? Vielleicht – ich dachte den Gedanken nicht aus, aber ich fragte auf die eben gemachte Mitteilung zurück:

»Nun? – Und wie soll das eingeleitet werden? Wird die Gräfin mit ihrem Sohn nach Wien kommen?«

»Die Mutter noch nicht; vorläufig nur der Sohn. Heute über acht Tage wird er bei uns erscheinen. Ich habe der Gräfin geschrieben, dass an diesem Tage, anlässlich deines achtzehnten Geburtstages, ein Ball bei uns stattfindet; das ist die beste Gelegenheit – dein Freier wird dieselbe benutzen, um sich dir vorzustellen. Du kannst dir ihn ja auf alle Fälle ansehen!«

»Gut, ich werde mir ihn ansehen. Das verpflichtet zu nichts. Aber eine Bedingung stelle ich: Ich wünsche, dass zu diesem Balle alle Damen, ich natürlich auch, maskiert erscheinen.«

»Was ist das für eine Laune?«

»Ich habe meine Gründe.«

»Diesen Scherz kannst du dir ja leicht machen. Du brauchst nur deine Eingeladenen zu verständigen.«

Einige Tage später erhielt ich einen Brief des Grafen Paul. Er steht hier abschriftlich eingetragen:

»Hochgeehrtes Fräulein! Wenn zwei junge Leute, die einander nicht kennen, von ihren Eltern behufs Eheschließung zusammengeführt werden, so kommt es öfters vor, dass der eine oder der andere Teil nicht mehr freien Herzens ist und dann vertrauensvoll dem andern sagt: Haben Sie die Güte: Schlagen Sie mich aus. – Es ist mir bekannt, dass Ihnen bekannt ist, was meine Vorstellung in Ihrem Hause bezwecken soll. Nun ist aber der obenerwähnte Fall mein Fall. Ich hege eine tiefe Neigung. Doch habe ich meine Gründe, vorläufig meiner Mutter den Wunsch zu erfüllen, mich als Ihr Bewerber zu erklären. Also befinde ich mich auch in der Lage, Sie zu bitten – ›geben Sie mir einen Korb!‹

Ich finde, dass die Sache für uns beide leichter abgemacht ist, wenn dieselbe schon vor unserer ersten Begegnung klargestellt worden; es fällt dann jene verletzende Voraussetzung fort, dass der Korb aus persönlichem Missgefallen verlangt oder gegeben wird. Es ist ja auch der Fall möglich – und nach allem, was ich von Ihrer großen Schönheit und Liebenswürdigkeit gehört, sogar wahrscheinlich –, dass es mir – nachdem ich Sie gesehen – ungeheuer erschwert würde, das oben ausgedrückte Verlangen an Sie zu richten. Zudem ist noch der dritte Fall am allerwahrscheinlichsten, dass Sie mir aus eigenem Impulse ein Körbchen reichten, und auch dieser, meine Eitelkeit kränkenden Eventualität wird durch meinen gegenwärtigen Schritt vorgebeugt. Wüsste ich nicht durch Ihre Freundin Aglae, dass Sie ebenso geistreich wie schön sind, hätte ich nicht gewagt, so offen zu Ihnen zu sprechen; so aber kann ich hoffen, dass Sie mich verstehen und in Huld betrachten als Ihren aufs Tiefste ergebenen, abgewiesenen Paul Lotz.«

»Aha,« bemerkte der Leutnant.

»O, du brauchst nicht gar so schlau lächelnd und alles durchblickend dreinzuschauen, mein Lieber. Natürlich glaubst du erraten zu haben, dass die treue und geheime Neigung der Mirzl Schulze galt. – Auch ich erriet im ersten Augenblick dasselbe: Jener heftige Schreck bei meinem Sturz aus dem Fenster ließ wohl auch auf eine heftige Neigung schließen. Aber andrerseits: Was kannte der Graf von dieser Mirzl Schulze, das ihm hätte Liebe einflößen können, und was war sie? Ein dahergelaufenes, und nach zwei Tagen wieder davongelaufenes und während dieser Zeit einem Gärtnerburschen nachgelaufenes Ding. Schon damals hatte er seiner Mutter erzählt, dass er ein Frauenbild im Herzen trage – o, sicherlich, er liebte eine Dame aus der Gesellschaft, vermutlich eine verheiratete Frau, und nur um sich von seiner vielleicht unglücklichen Leidenschaft zu zerstreuen, hatte er mit dem hübschen Zöfchen liebeln wollen. So sind ja diese jungen Herren – das wusste ich sattsam aus meinen Lektüren.

Mit großer Spannung und Erregung sah ich dem Feste entgegen, da ich Paul wiedersehen sollte. Ich freute und fürchtete mich auf die Begegnung. Zuerst unter der Maske – dann die Erkennungsszene: Es würde jedenfalls in hohem Maße interessant werden.

Ich schickte dem Grafen folgende Antwort:

»Gut – das Körbchen ist bereit. Ich werde es jedoch mit Vergissmeinnicht füllen. Diese Scharade verstehen Sie nicht? Die Lösung soll Ihnen am Ballabend werden. Seraphine.«

Noch vor dem Balle natürlich machte Graf Lotz seinen Aufwartungsbesuch, doch wurde er nur von meinen Vormündern empfangen – ich selber blieb auf meinem Zimmer. Ich vermied es überhaupt, die ganzen Tage hindurch auszugehen, damit ich ja nicht vor dem betreffenden Abend von Paul gesehen und erkannt werde.

XVI.

Der große Abend war gekommen. Ich hatte ein Rokokosoubrettenkostüm angelegt und mein Gesicht unter einer Atlaslarve versteckt. Meine Freundinnen, der ausgegebenen Verordnung, von der sie sich nur erhöhtes Vergnügen versprachen, bereitwilligst sich fügend, waren auch alle maskiert erschienen.

Das Fest war sehr lebhaft – alles belustigte sich köstlich. Durch meine Maske war ich der Hausfräuleinpflicht enthoben, die Gäste zu empfangen und mit ihnen liebenswürdig zu sein – was mir bei meiner großen inneren Erregung auch sehr schwer gefallen wäre – und ich konnte in einer versteckten Fensternische bleiben, von wo ich unverwandten Blickes zur Eingangstür schaute, um den bang Erwarteten kommen zu sehen.

Und er kam! Wie vornehm und vorteilhaft er doch im Gesellschaftsanzug – ein Vergissmeinnichtsträußchen im Knopfloch – aussah! Mein Herz flog ihm entgegen.

Er näherte sich meiner Vormünderin, die einzige unmaskierte Dame im Salon, und diese musste ihm verraten haben, wo ich zu finden sei, denn er kam geraden Wegs auf meine Fensternische zu.

Ein heftiges Zittern ergriff mich.

»Gnädiges Fräulein,« sagte er mit einer Verbeugung – »die Hausfrau war so gütig, mich an Sie zu weisen. Erlauben Sie, dass ich mich Ihnen vorstelle – ich habe bereits die Ehre, mit Ihnen im Briefverkehr zu stehen – mein Name ist Paul Lotz.«

Ich neigte den Kopf.

»Ich war nicht darauf gefasst, ein Maskenfest hier vorzufinden,« fuhr er fort. »Gehört dies auch zu der Vergissmeinnicht-Scharade?«

Jetzt hatte ich meine Fassung einigermaßen wiedererlangt.

»In der Tat ja,« antwortete ich, »Und, wenn Sie mir folgen wollen, Graf Lotz, so soll Ihnen die Lösung werden – hier lässt sich nicht ungestört sprechen: Kommen Sie!«

»Ich bin bereit, Ihnen bis zum Nordpol zu folgen, schöne Maske – an Mut fehlt es mir nicht. Ihre Stimme könnte mich auch noch weiter locken. Ich kann Ihnen nicht sagen, was für Erinnerungen diese Stimme in mir weckt.«

»Eine Erinnerung? Das ist vielleicht schon eines der versprochenen Vergissmeinnicht ... Hierher.«

Ich zeigte den Weg durch die ganze gefüllte Salonreihe, an deren Ende sich mein, den Gästen nicht geöffnetes kleines Schreibzimmer befand; in dieses ließ ich den Grafen nach mir eintreten, und die Portiere fiel hinter uns zu.

Der Raum, ganz mit rosa Atlas austapeziert – mit rosa Atlasmöbel auf weißem Plüschteppich – war nur durch eine von der Decke herabhängende Ampel aus rosa Mattglas beleuchtet und von heftigem Fliederduft erfüllt. Es war mein Geburtstag: Und hier hatte ich sämtliche Blumengaben aufgespeichert, die mir aus diesem Anlass geschickt worden. Alle übrigen Sträuße an Größe überragend, standen zu beiden Seiten des Kamins zwei mit Riesengarben weißen Flieders gefüllte Vasen.

»Sie führen mich ja in den Palast der Blumenfee, mein Fräulein. Ich gestehe, mein Mut beginnt zu sinken.«

Ich setzte mich und zeigte mit dem Fächer nach einem gegenüberstehenden Sessel.

»Auch ich empfinde etwas Angst,« sagte ich; »vermutlich mehr als Sie – doch jetzt lassen Sie uns sprechen.«

»Gern,« antwortete Paul, sich auf den angewiesenen Platz niederlassend; »sprechen wir, d. h. beginnen wir mit der Rätsellösung. Vor allem, wollen Sie nicht Ihre Maske ablegen? Ich weiß, wer Sie sind – was bezweckt also das Verhüllen Ihres Antlitzes? Vielleicht ist's Barmherzigkeit – auf dass ich nicht geblendet sei, auf dass ich nicht bereue, was ich Ihnen geschrieben habe?«

»So eitel bin ich nicht. Aber ich habe einen gewichtigen Grund, die Maske noch vorzubehalten –«

»Ah, diese Stimme!«

»An wen erinnert Sie die?«

»An wen? An das Mädchen, das ich liebe.«

Ein freudiger Schreck durchzuckte mich bei diesen Worten – so war es doch vielleicht Mirzl Schulze ...

»Und nicht nur die Stimme,« fuhr er fort, »auch die Gestalt – ja sogar das Kostüm mahnt mich an die Geliebte. Denn, dass ich's Ihnen gestehe: Sie ist keine Dame Ihres Standes – sie ist das, als was Sie verkleidet sind: eine Soubrette. Dabei eine Heldin. Ihr Leben hat sie hingeopfert – der Ehre willen.«

»Ist sie tot?«

»Vielleicht. Ich habe ihre Spur verloren.«

»Und doch sind Sie ihr treu?«

»Mein Herz und mein Kopf sind so voll von ihrem Bilde, dass es ein Verbrechen an einer andern wäre, wenn ich einer andern mich verbinden wollte. Ihnen, mein Fräulein – mehr noch als mir – war ich diese offene Erklärung schuldig. Ob ich sie jemals wiederfinde, das weiß Gott. – Und wenn ich sie wiederfände, so gäbe es heiße schwere Kämpfe – denn nicht leichten Herzens könnte ich meiner Mutter den Schmerz antun, eine solche Missheirat einzugehen. Kurz, ich liebe unglücklich und hoffnungslos – aber ich liebe – und das habe ich Ihnen nicht verschweigen dürfen.«

Kinder – es war eine schöne, eine selige Minute, als ich diesen Worten lauschte. Ich war geliebt – kein Zweifel – ich war geliebt. Unter dem Sonnenstrahl dieser Sicherheit brach in meinem eigenen Herzen die längst darin verborgene Knospe meiner Liebe zu voller, süß betäubender Pracht auf, und ich genoss dieses glücklichste Bewusstsein, das es auf Erden gibt: geliebt zu sein und wieder lieben. Ihr müsst nicht staunen, dass ich in meinen alten Tagen noch so schwärmerisch von Dingen rede, die ja nur in der Jugend empfunden werden: Ich habe mir diese Stunde so eingeprägt, mir so oft ins Gedächtnis gerufen, so als meinen wertvollsten Erinnerungsschatz gehütet und bewahrt, dass mir alle ihre Einzelheiten gegenwärtig geblieben sind. Darum sehe ich ja noch die rosa Seidenreflexe der mich umgebenden Stoffe; atme beinah' noch jene Fliederdüfte, die mich da umfächelten, und höre die Walzermelodie, die vom Tanzsaal leise herüberklang. Folgt darin meinem Beispiel, Kinder: wenn sich eine Stunde des Glücks auf eurem Pfade findet – und welches Menschenleben wäre so arm, dass nicht eine lieb verschönte Stunde dasselbe

dasselbe zu verherrlichen käme? – o, dann genießet sie mit Inbrunst und lasset sie eurem Gedächtnis nicht entfliehen; solang' als nur immer möglich lasset den Widerhall des Glücksakkordes in eurem Herzen nachklingen, der in jener einen Stunde ertönte, wo, wie der Volksmund sagt, der Himmel voller Geigen hing'.«

»Tante, du sprichst ja mit einer Weihe von der Freude, wie solche von andern Leuten nur für die Erhabenheit des Schmerzes gespart wird.«

»Es ist wahr, Georg! Ich gestehe es; es ist ein andächtiges Gefühl, das ich dem Glück entgegenbringe, dasselbe flößt mir Ehrfurcht ein – es ist ein Abglanz aus anderer, höherer Welt. Aber ich bitt' euch, Kinder, lasset mich nicht metaphysisch werden. Wo waren wir geblieben?«

»Im rosafarbenen Boudoir, wo es nach Flieder duftet und wo eine maskierte Soubrette en tête-à-tête mit einem jungen Ritter in Liebe glüht – allerdings eine hübsche Sachlage –«

»Um so hübscher, als mir eine Steigerung des Interessanten bevorstand: – die Demaskierung. Welche große, gewaltige Freude hatte ich da in der Macht, demjenigen zu reichen, der sich von meiner Gunst weiter nichts als ein Körbchen erbat.«

»Graf Paul,« sagte ich, auf ein vor meinen Füßen liegendes Kissen zeigend, »knien Sie nieder – hier.«

»Ich gehorche. – Aber wenn jemand mich so fände –?«

»Hierher kommt niemand. Und schließlich –« ich legte meine beiden Hände auf seine Achseln – »einem Bräutigam könnte man diese Stellung verzeihen und als solcher werden Sie sich von hier erheben –«

»Fräulein Seraphine! Sie fahren fort, mir Scharaden aufzugeben.«

»Ich bin nicht Seraphine – ich bin –«

Er riss mir die Maske vom Gesicht und mit einem hellen Freudenschrei mich umschlingend:

»Mirzl! – mein Mirzl!« rief er unter Küssen.

*

Jetzt, Kinder, ist die Geschichte aus; denn die nachträglichen Erklärungen und Erläuterungen über meine Identität, meine vorangegangene Verkleidung, meine törichte Schwärmerei für den Lebensretter, über die Krankheit Pauls, über meine Flucht, das alles könnt ihr euch ja denken – auch wie die alte Gräfin in der Folge sich mit dem »Schnabel« aussöhnte, weil ihr Aglae zu verstehen gegeben, dass die reiche Erbin unter einer Verkleidung ins Haus gekommen sei, um den ihr bestimmten Bewerber zu studieren.

»Ich finde, Tante, dass die Geschichte weniger aus ist denn je,« sagte Georg. »Es muss ja noch eine Tragödie abgesetzt haben, ehe du dich von Paul Lotz losgetrennt, um Onkel Alfred zu heiraten.«

»Ach – habt ihr's denn nicht erraten? Mein Held hieß Alfred und nicht Paul – hätte ich das gleich zu Anfang gesagt, so war ja das ganze Ende vorauszusehen. Die einzige Unwahrheit, die ich mir erlaubt habe, war diese, im Interesse eurer Spannung vorgenommene Namensänderung.«

»Also eigentlich dankst du dein Lebensglück – denn wir wissen, dass dich Onkel Alfred sehr glücklich gemacht hat –«

»Und – bis zur Stunde – noch macht,« schaltete die alte Frau ein.

»Dankst du einem wütenden Stier –«

»In der Tat – schreckliche Ursachen –«

»Selige Wirkungen!«

2. Langeweile

»Ein gescheiter Mensch langweilt sich nie!« Das ist auch so eine Fabel. Natürlich will man dann nicht eingestehen, dass man das dummheitsbeweisende Gefühl kennt, und langweilt sich nur im geheimen. So gewissermaßen lasterhaft. Wenn einem je ein einsichtsvoller Freund teilnehmend sagt: »Aber hörst du, Lieber, in deiner Einsamkeit muss dir doch manchmal die Zeit lang werden,« so nimmt der so Angeredete ein erstauntes Gesicht an, als höre er zum ersten Mal im Leben, dass ein solcher Fall möglich sei, und antwortet: »Mir? O nein, wenn man sich zu beschäftigen weiß ...« Der andere schämt sich sodann, dass er auf der Fähigkeit, sich zu langweilen, etwa ertappt worden, und beeilt sich zu erwidern: »Ja, du hast recht, wenn man sich beschäftigt – Lektüre, Studium, Arbeit – mir werden die Tage auch immer zu kurz.«

Reine Heuchelei! Der Mensch weiß so gut wie ich und jeder andere, wie im Leben die Stunden dahinschleichen können, matt und grau und bleiern – ja, ich glaube, es heißt »bleiern«. Unter Blei stellt man sich gewöhnlich doch etwas so Drückendes, Schwerfälliges und Glanzloses vor, wie langweilige Stunden und Tage dies eben sind. Dazu kommt noch eine Ideenverbindung mit den Bleidächern von Venedig, welche das Jämmerliche an dem Bilde verstärkt. Wer hat es nicht einmal empfunden, was es ist, die Stirn an die Fensterscheiben drücken und in einen Landregen hinausschauen, dann sich auf das Sofa hinwerfen und die Beine gegen die Decke heben, was auch keine Erleichterung verschafft; dann auf die Uhr schauen und sehen, dass es um eine gute Stunde früher ist als gestern um diese Zeit; zu gähnen, als wäre man der König der Wüste in einem vergitterten Käfig; ein wenig nachdenken wollen und im Gehirn nichts anderes hervorbringen als eine nachklingende Drehorgelmelodie – endlich die Augen schließen und sich darein ergeben, dass man auf der Welt ist – einer Welt, so öde wie ein ausgedörrtes Schneckenhaus. Zu guter Letzt fällt einem noch das berühmte, eingangs erwähnte Axiom ein, kraft dessen man aus der Gemeinde der gescheiten Leute ausgestoßen erscheint, und beginnt sich zu verachten, sagt sich die ärgsten Grobheiten und hat nicht den Mut, sich dagegen zu verteidigen: »Ja, dumm bin ich – und ein Tagedieb und energielos und ein verfehltes Geschöpf ... Ah, ah ...« Wieder strecken sich die Glieder und verrenken sich die Kinnladen.

In dieser Stimmung habe ich mich zum Schreibtisch geschleppt, um meine Langeweile zu schildern. Das ist so eine Art, den Feind bei den Hörnern zu nehmen. »Hab' ich dich nun, graues, bleiernes Gespenst, musst du mir jetzt Rechenschaft darüber geben, warum du mich plagst – warum du mich um die gute Meinung bringen willst, die ich mir selbst zu zollen pflegte?«

»Mein Gott,« entgegnest du entschuldigend, »wenn ich hier nicht wäre, wo sollte ich denn sonst Hausen? In einem einsamen Schloss, mitten im Winter, bei einem jungen Menschen, der das Weltleben, das Reisen, das Hofmachen und so weiter gewohnt ist und der jetzt in der einzigen Gesellschaft seiner Großmutter und deren Papagei sechs Monate zubringen soll, der kein Jäger, kein Gelehrter, kein Briefmarkensammler, kein Dorfschönheitenverfolger ist.«

»Genug – du hast recht und du bist legitim, Langeweile. Auch als Strafe und als Buße bist du gerecht – martere mich nur zu, ich hab's nicht besser verdient. Warum habe ich ...«

*

Hier wird der Schreibende durch das Eintreten eines Dieners unterbrochen.

»Die Frau Baronin lassen bitten, der gnädige Herr möchten sich zu ihr bemühen. In den kleinen blauen Salon.«

Bodo von Reutlingen legt die Feder hin und steht auf: »Ich komme gleich!«

»Was mag die Großmutter von mir wollen?« überlegt der junge Mann, während er die Gänge durchschreitet, die nach dem blauen Salon führen. »Vielleicht langweilt sie sich auch und will belustigt sein – etwa mich zum Pikettspiel abrichten – das fehlte noch! Oder mir eine Predigt applizieren – das wäre wieder ein Stückchen Strafe und Sühne! Nach und nach werde ich noch ganz geheiligt werden – und ich passe so schlecht zum Heiligen – und auch schlecht zum pflichtschuldigen, angenehmen Enkel. Großmütter sind eine Spezies, die ich nicht zu behandeln weiß – mir fehlt der Sinn für das Ehrwürdige.«

Mit solchen Gedanken beschäftigt, betritt der junge Mann das Gemach.

»Du hast befohlen?«

»Ja, ich habe befohlen. Setz dich, Bodo!«

Die Baronin Brahden, geborene Gräfin Welfenegg, Besitzerin der Herrschaft Oberndorf, ist eine Frau von zweiundsechzig Jahren. Ihr Gesicht, noch immer rosig angehaucht, und von silberweißem Haar gekrönt, zeigt Spuren auffallender Schönheit. Bodo hatte sie erst vor wenigen Tagen kennengelernt. Seine Mutter, geborene Baronin Brahden, war schon seit zwanzig Jahren tot, und sein Vater hatte mit der Schwiegermutter auf gespanntem Fuße gelebt und von ihr nur in dem Tone gesprochen, in welchem die bekannten Schwiegermütteranekdoten vorgebracht werden.

Dennoch war in dieser Feindschaft alles Unrecht auf Seiten des Schwiegersohnes gewesen. Dieser hatte die reiche junge Erbin gegen den Willen ihrer Mutter geheiratet und ihr ansehnliches Vermögen durchgebracht. Nun war er seit einem Jahre auch gestorben und der fünfundzwanzigjährige Bodo, der bisher das Leben eines großen Erben geführt, sah sich plötzlich beinahe mittellos und aussichtslos in die Welt gesetzt. Öffentliche Laufbahn hatte er keine angetreten; das einzige Fachstudium, welches er betrieben, waren einige an der landwirtschaftlichen Akademie in Hohenheim absolvierte Kurse, da er es für seine voraussichtliche Bestimmung gehalten, sich einst auf den Familiengütern niederzulassen. Nun waren die Letzteren wohl in seinen Besitz gelangt, aber in einem so verschuldeten Zustand, dass deren Ertrag kaum genügen konnte, die daran haftenden Interessen auszuzahlen. Was tun? Die Güter verkaufen oder vielmehr, wie dies bei Zwangsverkäufen der Fall zu sein pflegt, – verschleudern?

Er beratschlagte mit seinem Rechtsbeistand hin und her, als eine ganz unerwartete Wendung eintrat. Von seiner Großmutter, mit welcher er in keinerlei Verkehr gestanden, war folgendes Schreiben angelangt:

»Wie ich höre, befindet sich der Sohn meiner Tochter in misslichen und verwickelten Vermögensumständen. Ich bin geneigt, die Angelegenheit in die Hand zu nehmen und nach Möglichkeit zu ordnen. Bedingung: Bodo von Reutlingen hat sich sofort zu mir nach Oberndorf zu begeben und daselbst sechs Monate zu verbleiben.

Hildegard Freifrau v. Brahden,
geb. Gräfin Welfenegg.«

Die Sache war nicht auszuschlagen. Wer jemals bis über den Hals in Schulden steckte, der stelle sich vor, was er an Bodos Stelle getan hätte. Wenn da jemand vom Himmel herabfällt, der sich erbötig macht, die Verknotung und Netzverschlingung von Vermögenswirrnissen, die einen zu erdrosseln drohen, in die Hand zu nehmen, um sie zu lösen, so wird man den Antrag freudig annehmen, wenn er von des Satans Großmutter käme – geschweige denn von der eigenen.

»Lieber Trick,« hatte Bodo seinem Rechtsfreund, der zugleich sein Jugendfreund war, gesagt, »bewundere meinen Mut – ich will es tun.«

»Das versteht sich doch von selbst.«

»Mein bester Doktor, die Sache ist nicht so einfach. Die Klausel mit der sechsmonatlichen Vergrabung birgt etwas Unheimliches. Die Schwiegermutter meines Vaters soll unter allen Schwiegermüttern die hassenswerteste gewesen sein, und wenn ich mich in ihre Höhle wage, so weiß ich das Heldenhafte dieser Tat zu schätzen, wenn du auch lächelnd den Kopf schüttelst. Ich reise sofort nach Oberndorf und werde dir in wenigen Tagen Bericht erstatten.«

Der versprochene Bericht hatte folgendermaßen gelautet:

Die Großmama ist eine Sphinx. Was sie mit mir vorhat, ist ein unergründliches Rätsel.

Nicht ohne ein gewisses Herzklopfen stellte ich mich ihr vor. Ich war darauf gefasst, einmal, dass sie hässlich sein müsse wie die Nacht, ferner, dass sie mich mit Predigten und Vorwürfen empfangen würde. Vorwürfe darüber, dass ich als der Sohn eines so schlechten Vaters zur Welt gekommen, dass ich nichts Ordentliches gelernt habe, dass ich mir etwa einbilde, sie werde so mir nichts dir nichts meine Schulden zahlen – o nein, dafür müsste ich erst dies und jenes tun, sechs Monate hübsch brav sein, oder einen Schützling von ihr heiraten, oder ihren Gutsverwalter ersetzen, oder barfuß eine Wallfahrt nach Maria-Taferl machen.

Aber nichts von alledem. Ich befand mich in Gegenwart einer schönen und freundlich aussehenden, alten Dame, die, nachdem sie mich eine Zeitlang wohlgefällig gemustert, ausrief: »Wie du meiner armen Augustine ähnlich bist, lieber Junge!«

Die Audienz währte nur eine Viertelstunde. Von den Geschäften kein Wort. Ich wurde in einen Seitenflügel des Schlosses beordert, wo mir eine Flucht von Zimmern zur Verfügung gestellt ist. Seither – ich bin nun fünf Tage hier – habe ich die Hausfrau nur bei zwei oder drei Mahlzeiten gesehen; gewöhnlich bleibt sie, angeblich wegen Kopfschmerz, in ihren Gemächern, und da sitze ich allein im großen Speisesaal. Ich bin überhaupt der einzige Gast meiner Großmutter, welche, wie du weißt, ohne Familie ist und ganz allein hier lebt. Du kannst dir die Lustigkeit dieser Existenz vorstellen.

In den wenigen Stunden, die ich in ihrer Gesellschaft zubrachte, hat sich die alte Dame meist sehr schweigsam verhalten und nur mich reden gemacht, indem sie mich durch allerlei Fragen zum Erzählen meiner Reise- und sonstigen Erlebnisse aufmunterte. Das Erzählen aber klappte mir nicht. Ich wollte meine Sprache so einrichten, dass sie für strenge, fromme, alte Ohren passe, und da musste ich alle Augenblicke abbrechen; ich mochte den Eindruck machen, dass ich mit dem Gebrechen des Stotterns behaftet bin. Ich fühle, dass ich keine glänzende, sondern vielmehr eine jämmerlich dumme Rolle hier spiele; ich habe so gar nicht die Fähigkeit, mit alten Frauen umzugehen. Es fehlt mir an Würde, Gemessenheit, Gelassenheit; und die anderen Eigenschaften, die ich als Ersatz dafür besitze, nämlich heitere Laune, Lebensfreudigkeit, leichter Redefluss, die sind in der gegenwärtigen Sachlage so gedämpft, dass ich mich schon bangend frage, ob sie mir nicht ganz abhandengekommen sind. Wenn mir meine Schicksalsgöttin von einer Großmutter nicht bald sagt, was ich in der sechsmonatlichen Haftzeit eigentlich zu leisten habe, so sprenge ich meine Fessel und gehe durch.

*

Zwischen dem Abgang obigen Briefes und der früher angeführten Apostrophe an die Langeweile lag eine Woche.

Jetzt hat Bodo dem Befehle seiner Großmutter Folge geleistet, indem er sich auf den ihrem Sitz gegenüberstehenden Lehnsessel niederlässt, und harrt der Dinge, die da kommen werden.

»Sag mir, langweilst du dich nicht bisweilen?« fragte die Baronin zunächst.

Bodo machte ein erstauntes Gesicht.

»Langweilen? – O, wenn man sich zu beschäftigen weiß –«

»Allerdings; das ist's aber, was dir hier vollends mangelt, Beschäftigung.«

»Aha, jetzt kommt es,« denkt Bodo im Stillen, »die Verwalterstelle wird mir angetragen.«

»Und du bist selber ein ziemlich langweiliger Mensch –«

»Diesen Ruf hatte ich sonst nicht – doch gestehe ich, dass ich dir diesen Eindruck hervorbringen muss.«

»Vermutlich glaubst du, dass so, wie man bei einem Begräbnis ein betrübtes, bei einer wissenschaftlichen Vorlesung ein ernstes und bei Absingung der Volkshymne ein begeistertes Gesicht annehmen muss – bei einer alten Frau ein schläfriges de rigueur sei?«

»Ich? O – aber –«

»Nichts ›aber‹ – entweder du bist von Natur eine Art melancholischer Karpfen oder du verstellst dich grimmig. Und ich neige für die letztere Annahme, denn meine Augustine war das heiterste, ausgelassenste Ding – wie ihre Mutter.«

»Du, Großmama, bist ausgelassen? Dann hast du dich auch einigermaßen verstellt.«

»Das hab' ich auch. Ich wollte dich erst beobachten. Übrigens ein ›Springinsfeld‹ bin ich gerade nicht, auch mit Puppen spiele ich schon längere Zeit nicht mehr. Du hast die Zeitform verwechselt; ich bin nicht, aber ich war ausgelassen und habe mir das volle Verständnis für die Tollheit der Jugend bewahrt. Lustig sein kann ich auch noch und lachen wie ein Kind, doch dazu muss ich in etwas anregenderer Gesellschaft sein als –«

»Als in der meinen? Das sehe ich ein. Aber Großmutter, das Eis kann tauen – ich bin nämlich etwas eingefroren. Wenn mir jedoch von deinem Geist und deinem Gemüt so unerwartete Wärme zustrahlt ...«

»Tau nur auf, mein Junge, tau auf! Ich bin zwar keine Sonne, aber doch auch kein Nachtlämpchen. Dass du in Wirklichkeit nicht so wenig Leuchtkraft besitzest, als du vor mir zu entfalten für gut findest, das weiß ich übrigens; ich kenne dich besser und weiß mehr von dir, als du glauben magst. Dein Vater hat es wohl vermieden, dich zu mir zu bringen, aber ich habe stets Nachricht über dein Entfalten und deine Lebensweise gehabt. Ich habe erfahren, dass du ein gescheiter und braver Bursche warst und mich oft genug darüber geärgert, dass du zu keiner ordentlichen Laufbahn angehalten worden.«

»Ja, das ist's, was auch mich jetzt mit Reue erfüllt: Ich hätte mich selber dazu anhalten sollen, meinem Leben eine Aufgabe, einen Inhalt zu geben. Freilich dachte ich nie, dass mir einst nur ein Erbe von Schulden zufallen sollte.«

»Du glaubst wohl, dass ich Letztere zu zahlen beabsichtige?«

»In aller Aufrichtigkeit – ja. Was würde sonst deinen unerwarteten Eingriff in mein Schicksal erklären? Und da wir jetzt so offen sprechen, was mir ganz außerordentlich angenehm ist, so lasse uns gleich klarlegen, was du von mir als Gegenleistung für deine Großmut erwartest und was meine Internierung auf Schloss Oberndorf bezweckt. Ich kann nicht glauben, dass es der Reiz meiner durch sechs Monate zu genießenden Gesellschaft ist, welcher –«

»Vielleicht wollte ich dich bis zu meinem Lebensende behalten?«

»Ich sollte durch zwanzig oder dreißig Jahre diese Gastfreundschaft genießen?«

»Beruhige dich. Ich würde dir nicht zumuten, dich deine ganze Jugendzeit hindurch mit der Gesellschaft einer Greisin zu begnügen. Du müsstest heiraten.«

»Müsste ich? Ich habe also richtig erraten – du führst etwas im Schilde. Es ist hier im Schlosse irgendein Jungfräulein verborgen, das sich deiner besonderen Gunst erfreut und das du, nach aller Mütter und Großmütter Brauch, mit der zweifelhaften Glücksgabe eines Gatten versorgen wolltest. Hochgeehrte Großmama, machen wir kurzen, sehr kurzen Prozess: Ich sage von vornherein ein entschiedenes Nein. Zu so etwas gebe ich mich nicht her, aus Rücksicht auf deines Schützlings sowohl, als aus Rücksicht auf meine persönliche Würde. Ich behalte meine Schulden und meine Freiheit. Die Ersteren können durch Versteigerung meiner sämtlichen Besitztümer gedeckt werden und die Letztere benütze ich, um in die Welt hinauszuwandern; mir mein Brot zu verdienen, dazu gibt es tausenderlei Arten. Und ein Weib nehme ich mir nur dann, wenn mir »die Rechte« begegnet, wenn eine gegenseitige Leidenschaft sie und mich zu einem Lebensbunde drängt. Aber eine Ehe eingehen, um mir und einer andern völlig gleichgültigen jungen Person eine Stellung in der Welt zu verschaffen? Nimmermehr – nimmermehr!«

»Ereifere dich nicht, Lieber. Übrigens gefällst du mir so; du bist doch meiner Augustine Kind – die war gerade so selbstständig in ihren Heiratsideen. Freilich ist sie dadurch nicht glücklich geworden –«

»Wer weiß? Ich glaube, mein Vater hat sie aufrichtig geliebt. Und hätte sie auch nur diese eine schöne Stunde erlebt, wo sie mit Hintansetzung aller weltlichen Vorteile ihrer Herzenswahl gefolgt –«

»Was du für romantische Ideen hast! So bist du Gott sei Dank kein gewöhnlicher Mensch – keiner, der schwunglos und bedächtig sich immer nur in Geleisen schleppt. Komm her, lass dir die Hand schütteln, du hast mich wahrhaftig überrascht.«

»Ich bin noch viel überraschter, Großmutter – du entsprichst so gar nicht dem Bilde, das ich mir von alten Damen im Allgemeinen und von dir im Besonderen entworfen habe. Du warst so ganz anders, als ich erwartet, und heute zeigst du dich wieder in neuem Lichte –«

»Ja, ja – ich bin eine eigentümliche alte Kauzin, die so ihre besonderen Launen und Schliche hat. Du wirst mich schon noch kennenlernen.«

»Nach Ablauf der sechs Monate? Wenn anders du mich nicht früher hinauswirfst –«

»Freigibst, willst du sagen. Nein – ich behalte dich.«

»Obgleich ich mich deinen Bedingungen hinsichtlich einer Heirat nicht fügen will?«

»Ich habe ja eine solche Bedingung gar nicht gestellt.«

»Also was ist es, das von mir gefordert wird?«

»Weiter nichts als dein Dableiben. Nach einem halben Jahre werden deine Angelegenheiten geordnet sein.«

»Du bist, wie ich neulich meinem Freunde Trick geschrieben, eine Sphinx.«

»Auf dieses Wort hin entlasse ich dich, lieber Ödipus. Ich fühle meinen Kopfschmerz wieder anfangen. Du wirst heute allein speisen müssen.«

»Das bedaure ich lebhaft, unsere Unterhaltung war so anregend.«

»Wir können sie ein andermal wieder aufnehmen. Für heute adieu!«

*

So, da bin ich wieder in meiner Zelle und nehme die unterbrochene Aufzeichnung dort auf, wo ich neulich geblieben war.

Ich sprach von legitimer Langeweile. Nun ja, das Ideal der Belustigung für einen fünfundzwanzigjährigen jungen Menschen ist es freilich nicht, auf den Umgang einer nur in seltenen Fallen sichtbaren Großmutter angewiesen zu sein; aber die alte Dame selber fängt an amüsant zu werden. Sollte ich mich in der Beurteilung einer ganzen Gattung Menschen – der Gattung Großmütter – so arg getäuscht haben? Oder ist die meine ein Phänomen, ein Meteor, eine Geistererscheinung? Geist hat sie; sie ist keine, die – um ihre eigenen Worte zu gebrauchen – die schwunglos und bedächtig immer nur in Geleisen sich schleppt. Und ich, der ich glaubte, dass eine alte Frau gar nicht anders wandeln, handeln und denken könne, als in Geleisen! Sie interessiert mich, meine Festungskommandantin, und damit ist der Langeweile ein Strich durch die Rechnung gemacht. Es gibt Gefangene, die durch die Gesellschaft einer Spinne oder einer zwischen den Steinen des Gefängnishofes herausgewachsenen Blume sich die Zeit vertrieben haben, warum sollte ich mir die Haft nicht durch das Studium meiner Großmutter versüßen?

*

Wieder drei Tage vergangen und den Gegenstand meines Interesses nicht zu Gesicht bekommen. Jetzt fängt das gewisse »Blei« wieder an meine Lebensgeister herabzudrücken. Der Kuckuck halte das aus! Eine Bibliothek ist wohl da, aber das lange Lesen bringt einen Grad der Gehirnsättigung hervor, der das Weiterlesen unmöglich macht; dann spiegelt sich in allen Büchern die Welt mit ihren Kämpfen, ihrem Lieben und Leben, da erfasst einen doppelte Sehnsucht hinaus –

Nun, Gott sei Dank, die Großmutter hat mich wieder einmal rufen lassen. Ich sehe dieser Zusammenkunft beinahe mit der freudigen Spannung entgegen, mit welcher ich mich sonst zu einer schönen Frau begab, der ich den Hof machen durfte.

*

Mein lieber Trick! Du fragst mich teilnahmsvoll in deinem soeben erhaltenen Schreiben, ob ich mich noch nicht aufgehängt habe. Wie du aus gegenwärtigen Zeilen entnehmen kannst, ist mir die Idee dieses Zeitvertreibs bisher nicht gekommen – es müsste mich denn jemand wieder herabgeschnitten haben. Doch wisse, das Leben hat sich mir jetzt sehr anregend gestaltet. Meine Großmutter ist – du erinnerst dich doch unseres Lieblingsausdruckes, um einen Menschen zu bezeichnen, der »bei allem dabei ist«, der Kopf und Herz auf dem rechten Fleck hat, der im richtigen Augenblick zu lachen und zu weinen versteht, dem man rückhaltlos alles sagen kann, was man denkt – mit einem Wort: Meine Großmutter ist – ein Prachtkerl.

Gestern habe ich mit ihr gespeist – ein seltener Fall – und wir sind bis Mitternacht beisammengeblieben. Sie hatte herzhaft dem Champagner zugesprochen, ich gleichfalls, und wir waren lustig und fröhlich wie – nun, wie du weißt, dass ich es in guten Stunden sein kann. Aber sie übertraf mich noch; erzählte mir lieblich rührende Episoden aus ihrer glücklichen Ehezeit und ein paar prickelnde Geschichtchen aus ihrer Witwenzeit, aber mit der Grazie und Feinheit einer Marquise » de l'ancien régime«; ließ sich von mir – auch unter der Blume – Generalbeichte ablegen; sprach von der Gesellschaft, von der Liebe, von allem möglichen mit solcher Milde und so funkelndem Frohsinn, dass ich entzückt sie um die Erlaubnis bat, mit ihr Bruderschaft zu trinken. »Wir sagen einander ja ohnehin ›du‹, mein Bodo,« lachte sie.

– »Das schon, aber ich wollte statt ›Großmutter‹ ›Bruder‹ zu dir sagen.«

Ich habe ihr mein Ehrenwort geben müssen, die vollen sechs Monate auszuharren, geschehe, was wolle.

»Was sollte denn geschehen?« entgegnete ich. »Die einzig vorhandene Gefahr wäre die, dass ich vor Langeweile langsam dahinwelke wie eine Licht und Wasser entbehrende Blume – warum sollen wir Männer nicht auch einmal mit blühenden Gewächsen uns vergleichen? Weiß man doch genau, dass es Pflanzen verschiedenen Geschlechtes gibt – aber diese Gefahr ist nun auch gehoben, da ich in Gesellschaft eines so liebenswürdigen Bruders mich nicht mehr langweilen könnte, wenn ich überhaupt wüsste, was Langweilen heißt. Warum hast du dich bisher nur so verstellt, Großmutter?«

»Das liegt schon so in meiner Natur. Ich bin eine Intrigantin, Bodo. Übrigens wäre die Gefahr, an Langeweile zugrunde zu gehen, für dich noch anderweitig gehoben worden. Ich erwarte morgen Besuch: die Frau des seit Kurzem eingeschifften Korvettenkapitäns von Betiany. Sie gedenkt die Zeit ihrer Strohwitwenschaft bei mir zuzubringen.«

»Ist sie jung und hübsch?«

»Immer dieselbe Frage anlässlich jeder Frau! Das kann mich entrüsten. Bestimmt sich denn unser Wert – man könnte fast sagen unsere Existenzberechtigung – allein auf Jugend und Schönheit?«

»Verzeih, Bruder Großmama, nur wenige deiner Schwestern verstehen es, die Jugend so entbehrlich zu machen wie du, und was die Schönheit anbelangt, so bist du wahrlich ein Bild. Mit solchen Zügen würde ich die Maria von Medicis oder Madame de Maintenon malen –«

»Oder die Mutter der Gracchen?«

Doch genug für heute, lieber Trick. Ich kann dir doch nicht unsere ganze Unterhaltung wiederholen; du sollst aus diesen Stichproben nur sehen, dass meine Großmutter den ihr neu verliehenen Titel Prachtkerl verdient. Es tut mir ordentlich leid, dass unser Beisammensein durch das Eintreffen dieser Korvettenkapitänin gestört werden soll, die wahrscheinlich bei jedem am Fenster rüttelnden Windstoß uns Bilder von Meeresstürmen vor die Seele rufen wird. Wie kann man nur einen Schiffsmann heiraten, wenn man keine Möwe ist? Ich ärgere mich im Voraus über diese Strohseewitwe, denn weißt du, was mir möglicherweise noch für ein Unglück zustoßen könnte? Denke dir einen Menschen, der ein empfängliches Herz hat, der, entfernt von der Welt, mit einer schönen jungen Frau – denn das soll Stella von Betiany sein – in täglichem Verkehr ... kurz, du verstehst mich. Freilich, die Idee ist mir nicht uninteressant. Mit einem Wort, ich langweile mich nicht mehr. Ein gescheiter Mensch langweilt sich überhaupt nie, merke dir das.

*

An diesem Abend betritt Bodo von Neulingen in lebhafter Spannung den blauen Salon. Er hat, wie immer, wenn er zu seiner Großmutter zum Diner beschieden war, Frack und weiße Halsbinde angelegt, heute aber war noch eine Kamelienknospe im Knopfloch hinzugekommen. Der Salon ist noch leer, doch scheint auch dieser heute festlichere Toilette gemacht zu haben. Die Blumentische sind frisch gefüllt, im Kamin lodern große knisternde Blocke, einige Lampen mehr als gewöhnlich erhellen den Raum, und die Flügeltüren zu dem anstoßenden, ebenfalls erleuchteten großen Saal stehen offen. Der ganze Eindruck mahnt an das Geselligkeitsleben der Hauptstadt; es ist, als sollte hier ein glänzendes Fest stattfinden.

Nach einer Weile tritt die Hausfrau ein. Sie hat sich heute auch ausnehmend schön gemacht. Eine schwarzsammetne Schleppprobe, weiße Handschuhe; auf dem hochfrisierten, wie gepudert aussehenden Haar mit Diamantnadeln befestigte spanische Spitzen.

»Großmutter,« sagt Bodo, ihr die Hand küssend, »ich wage es heute nicht, dir ›Bruder‹ zu sagen, du siehst mir zu majestätisch aus – die ganze Königin-Regentin. Dazu die festliche Beleuchtung – wohl alles deiner neuen Gastin zu Ehren?«

»So wie diese Kamelienknospe, Bodo, die hast du nicht um mir zu gefallen ins Knopfloch gesteckt. Hier kommt schon mein Sternchen–«

Ein leiser Maiglöckchenduft, ein leises Seidenrauschen – Bodo wendet sich rasch um; die neue Gastin steht vor ihm.

Baronin Brahden stellt vor:

»Mein Enkel und Kamerad, Bodo von Reutlingen; meine zweite Tochter, Stella von Betiany!«

Die Korvettenkapitänsgattin sieht für diesen Rang eigentlich viel zu jung aus. »So achtzehnjährig dürfe höchstens eine Linienschifffähnrichsbraut erscheinen,« denkt Bodo. »Das Gesichtchen passt auch eher auf die Vignette eines Taschentuchkartons als in die Wirklichkeit,« denkt er weiter.

Und in der Tat, die runden, frischen Wangen, die großen, von unwahrscheinlichen Wimpern beschatteten Augen, der herzförmige Mund, die mit einem Perlenreif zurückgehaltenen dunklen Locken, welche über den Rücken tief hinabwallen, das alles mahnt an die illuminierten Mädchenideale der Kartonmalerei. Dazu eine hohe und schlanke Gestalt in einem blassrosa Kreppkleide, dessen durchsichtige Draperien statuenhafte Schultern und Arme enthüllen. Wie das Haar, so ist auch der Hals mit Perlen geschmückt. Jetzt lächelt sie. »Wieder zwei Perlenreihen!« denkt Bodo; aber während er alle diese hübschen Sachen denkt, hat er sich zeremoniell verbeugt und ein unbefangenes Gespräch über die Reise und die Ankunft der »gnädigen Frau« begonnen; ein Gespräch, auf welches sie in gleichem Tone eingeht.

Nach wenigen Minuten schon begibt man sich zu Tische. Die Unterhaltung hier wird sehr lebhaft geführt. Anlässlich von Seereisen – es war von dem eingeschifften Korvettenkapitän die Rede gewesen – erzählte Bodo von einer Fahrt im Mittelländischen Meer, die er auf der Jacht eines Freundes unternommen, und entfaltet dabei so viel Schwung und Geist, als ihm nur immer möglich.

Nach dem schwarzen Kaffee setzt sich Stella ans Klavier und gibt einige virtuos vorgetragene Stücke zum besten; dann singt sie mit gutgeschulter, süßer Stimme einige feurige italienische Lieder. Der Abend vergeht wie im Fluge. Schon ist es neun Uhr, und der Diener bringt den Tee. Man bleibt noch zwei Stunden plaudernd beisammen, wobei die junge Frau sich ebenso fröhlich, ebenso glänzend zeigt, wie gestern die Baronin Brahden. Beinahe hätte Bodo Lust, auch ihr die Bruderschaft anzutragen.

»Du musst dich nicht wundern, dass du mein Sternchen so übereinstimmend mit mir findest,« antwortet die alte Dame auf eine Bemerkung Bodos. »Stella ist die verwaiste Tochter einer mir sehr teuer gewesenen Freundin, und ich habe sie beinahe aufgezogen. Ehe ich sie mit Herrn von Betiany verheiratete, hat sie acht Jahre in meinem Haus verlebt, und da habe ich sie mir ein wenig nach meinem moralischen Ebenbild geformt.«

»Ach, der Glückliche und Unglückliche – der beklagens- und beneidenswerte Mann!« seufzt Bodo.

»Von welchem gemischten Phänomen sprichst du denn? Ah – du meinst wohl den eingeschifften Besitzer dieser Perle? Ja, es ist ein trauriges Los, das gestehe ich zu. Nicht wahr, Stella?«

Stella schüttelt schweigend den Kopf.

»Ach so – ich vergaß, du willst von deinem Mann nicht sprechen. Merke dir's, Bodo – es ist Hausgesetz – erwähne Stella gegenüber niemals den Korvettenkapitän.«

*

In sein Zimmer zurückgekehrt, trägt Bodo Nachstehendes in das zur Stunde der unerträglichsten Langeweile begonnene Tagebuch ein:

Bruder Großmama hat doch sehr wenig Weltkenntnis! So naiv und vertrauensselig zu sein – das hätte ich ihr nicht zugemutet. Sieht sie denn die Gefahr nicht? Diese Stella ist ja ein Prachtgeschöpf! Welcher normale Mensch könnte da anders, als sich verlieben?

Dennoch, ich werde mir Mühe geben und jenen Zustand, wenn er wirklich eintreten sollte – oder ist er etwa schon eingetreten? – bekämpfen. Mit der Langeweile ist's vorläufig gründlich aus. Wenn nur nicht an ihre Stelle Sentimentales oder gar Tragisches tritt! Geheimnisvolles ist schon im Spiele: dieser Korvettenkapitän, – den ein gnädiger Sturm nach einer arktischen Insel verschlagen möge! – von welchem vor seiner Frau nicht gesprochen werden darf. Mein Gott, ich habe ja gar nicht das Bedürfnis, mich von dem guten Seemann zu unterhalten; ihn als Luft, als Rauch, als Null zu behandeln, dazu bin ich ja ganz geneigt. Dennoch muss ich zu ergründen trachten, ob er ein Mensch ist, dem man auch von ferne gewisse Rücksichten schuldet oder der es voll verdient und in dessen Schicksalsbuch es geschrieben steht, dass – nun, ich weiß schon, was ich sagen will ...

*

Acht Tage später. Bodo und Stella kommen von einer Schlittenfahrt nach Hause. Es ist gegen vier Uhr nachmittags, zwei Stunden vor dem Diner.

Reutlingen, statt in sein Zimmer zu gehen, begibt sich geradeaus nach den Gemächern der Schlossfrau und bittet um Einlass. Der Diener kommt mit bejahendem Bescheid zurück; da streift er seinen Pelzmantel ab und eilt in den kleinen blauen Salon, wo die alte Dame in ihrer gewohnten Ecke sitzt. Sie legt ein Buch, in welchem sie eben gelesen, auf das nahestehende Tischchen und schaut lächelnd auf:

»Was verschafft mir die Ehre dieses unzeitigen Besuches?«

»Eine wichtige, lebenswichtige Angelegenheit,« antwortet Bodo, indem er sich unaufgefordert der Großmutter gegenüber niedersetzt. »Ich komme, dich zu bitten, mir mein Wort zurückzugeben und mich von Oberndorf ziehen zu lassen.«

»Vergebliche Bitte! Dennoch möchte ich deine Gründe kennen. Zähle sie auf.«

»Da ist nicht viel aufzuzählen. Ich habe nur einen Grund – aber der genügt.«

»Das wäre?«

»Ich liebe Stella.«

»Lakonisch bist du, aber weder deutlich noch überraschend. Dass du dich in das reizende Geschöpf verliebt hast, ist nämlich das Unüberraschende an der Sache – und weshalb du infolgedessen abreisen willst, das ist das Undeutliche daran.«

»Um so überraschter bin ich, Großmutter. Ich kann nicht glauben, dass du damit einverstanden wärst, wenn ich deiner Pflegetochter den Hof machte –«

»Eitler Mensch! Du erachtest dich wohl für unwiderstehlich?«

»Ich müsste lügen, wollte ich behaupten, dass ich mich für ungefährlich halte. Eine aufrichtige und glühende Leidenschaft reißt sehr leicht zur Erwiderung hin, Großmama; aber abgesehen von dem Erfolg oder Misserfolg einer Liebesbewerbung, halte ich eine solche –

unter den gegebenen Umständen – für unverträglich mit meiner eigenen Ehre.«

»Ich verstehe; der Korvettenkapitän –«

»Ich kenne diesen Herrn nicht; und die Art und Weise, wie von dir und Stella über ihn gesprochen oder vielmehr – geschwiegen wird, lässt mich schließen, dass auf die Persönlichkeit des eingeschifften Ehemannes ja vielleicht nicht die äußerste Rücksicht zu nehmen wäre; es gibt auch Ehemänner – sogar an Land – in Hülle und Fülle, welche (so habe ich mir sagen lassen) kein Hindernis abgeben, dass man ihren Frauen nachsetze. Aber das größte Hindernis hier bist du, Großmutter, und das Verhältnis, in welchem ich zu dir stehe. Ich bin der Gast deines Hauses unter der stillschweigenden Voraussetzung, dass du eine hochherzige, mütterliche Wohltat an mir üben willst; als zweiter Gast weilt hier ein Wesen, das du wie eine Tochter liebst – und ich sollte die Infamie begehen, die Ruhe dieses Wesens zu stören, dein Vertrauen zu missbrauchen? Nein, Bruder Großmama – dir gegenüber kein Hehl und keine Falschheit!«

»Das ist brav, mein Junge!«

»Du erlaubst mir also abzureisen?«

»Nein. Ich habe dein Wort – du bleibst.«

Bodo schweigt betroffen.

»Du siehst mich an, als hätte ich etwas Ungeheuerliches gesagt. Wisse, mir ist um Stella gar nicht bange. Ihr Männer glaubt wahrhaftig immer, dass ihr nur zu wollen braucht, um jede Frau kreuzunglücklich vor Leidenschaft für euch zu machen, und vermeint, etwas sehr Großmütiges zu tun, wenn ihr auf dieses Wollen verzichtet. Wir brauchen deinen Verzicht nicht, Bruder, wir werden uns schon zu verteidigen wissen.«

»Das heißt also, dass ich attackieren soll? Du gibst mir den Korvettenkapitän preis?«

»An den brauchst du in der ganzen Angelegenheit gar nicht zu denken, der verdient keines Menschen Achtung –«

In diesem Augenblick tritt Stella ein. Bodo erblickend, will sie wieder umkehren.

»Komm her, Kind!« ruft Baronin Brahden; »wir sprachen eben von dir. Es ist eine sehr interessante Geschichte. Setze dich hierher, an meine Seite. So – ich will euch nun beide ins Verhör nehmen, vielleicht kommen wir dabei alle ins klare. Du musst also wissen, dass dieser junge Herr in Liebe für dich entflammt ist –«

Stella, die sich neben der alten Frau ans die Chaiselongue niedergelassen und ihren Kopf an deren Achsel gelehnt hat, antwortet, indem ein dunkles Erröten über ihr Gesichtchen stiegt, leise: »Das hat mir Herr von Reutlingen vor einer halben Stunde selbst gestanden.«

»Und was hast du erwidert?«

»Ich schwieg. Die Flocken schlugen mir ins Gesicht, es war grimmig kalt.«

»Auch in deinem Herzen, Stella?«

Es blieb so still, dass die Großmama Bodos Herz klopfen zu hören meinte.

Und jetzt springt er von seinem Sitze auf und kniet neben der Gruppe der beiden Frauen nieder. Er erfasst Stellas Hand und führt sie an seine Lippen. Das Antlitz der alten Frau verklärt sich in einem milden Lächeln und leise legt sie ihre über Stellas Schulter herabhängende Hand auf des Knieenden Scheitel.

»Kind meines Kindes,« sagt sie zärtlich, »jetzt hab' ich dich, wo ich dich haben wollte: in der Gewalt des Glücks. Sprich nicht, Bodo – und du, mein Sternchen, rühr dich nicht, bleibe an mich geschmiegt und entzieh dem Geliebten deine Hand nicht. Mir ist, als strömte ein warmer, magnetischer Strahl aus euren seligen jungen Herzen in mein altes Herz herüber und ein eigenes Andachtsgefühl überkommt mich. Das ist, glaubt mir, Kinder, der Hauch der Gottheit, das Mysterium der Mysterien, was uns jetzt im Banne hält. Es gibt ein Etwas, das aus fernen Himmeln zu uns herabweht und das uns einen Anteil an der Ewigkeit gibt, jener Ewigkeit, in der alles Sehnen der Welt in süßer Erfüllung ruht. Jetzt klingen mir in der Seele allerlei Glücksweisen aus meiner Jugend nach, ja, auch mir sind einst solche Wonnen geworden, wie sie euch durchglühen; ich habe auch geliebt und war schön ... Seht, Kinder, das ist keine böse Welt – eine Riesenflamme der Seligkeit lodert im All, und uns winzigen Geschöpfen, die wir mit ein paar Flügelschlägen durch ein Stückchen Leben flattern dürfen, wir dürfen uns hie und da von jener Flamme einen Funken holen und dieser Funken heißt – Liebe. Amen, Kinder!«

Die Dämmerung ist hereingebrochen. Nur das flackernde Kaminfeuer wirft einen Schein auf den Teppich und auf die verschlungene Gruppe der drei schweigenden Menschen. Das fromm gesagte Amen tönt in der Luft noch nach und wie zur Besiegelung des von der alten Frau gesprochenen Liebeshymnus haben sich vier jugendheiße Lippen in einem Seelen austauschenden Kuss gefunden.

Das Geräusch nahender Schritte. Bodo erhebt sich rasch; es ist der Diener, der die Lampen bringt.

*

Das plötzliche, grelle Licht, die Anwesenheit des Dieners hat den Zauber gebrochen. Alle drei bewegen blinzelnd die Augenlider und atmen tief auf, wie aus dem Traum gerüttelt.

Stella steht auf und mit einem geflüsterten: »Es blendet mich,« verlässt sie das Zimmer.

Nachdem auch der Diener sich wieder entfernt, sagt Bodo in bewegtem Tone: »Es wäre zu schön gewesen –«

»Und hat doch sollen sein,« erwidert Baronin Brahden lachend.

»Großmutter, du bist eine merkwürdige, eine große Frau und Stella ist das herrlichste Geschöpf auf Erden –«

»Jetzt kommt wohl ein ›Aber‹,« unterbricht die alte Frau, noch immer lächelnd, »und dies ›Aber‹ betrifft wahrscheinlich doch den Korvettenkapitän?«

Bodo antwortet nur mit einem tiefen Seufzer.

»Stelle dir dieses Ungetüm als vom Meer verschlungen vor.«

»Wie?! Verunglückt – gescheitert?«

»Viel ärger.«

»Ein Seesturm, ein Haifisch?«

»Das sind alles Abenteuer, welche überstanden werden können. Aber unser Korvettenkapitän kann niemals kommen, dein Glück zu stören, denn – er hat niemals existiert.«

»Was?!«

»Hab' ich dir's nicht gesagt, dass ich eine alte Intrigantin bin und dass du mich erst kennenlernen sollst? Erinnerst du dich noch, wie du von dem Jungfräulein sprachst, das ich hier versteckt halte, und deiner stolzen Versicherung, dass du dich ›nimmermehr‹ – zweimal – ›nimmermehr‹ dazu hergeben würdest, meinen Schützling zu heiraten? So habe ich denn, nachdem du durch ein strenges Langweilregime mürbe und empfänglich gemacht worden, dir meine Pflegetochter als eine Unerreichbare hingestellt – und damit ist nun alles erreicht.«

Bodo stürzt auf seine Großmutter zu und umarmt sie stürmisch.

»Bruder!« ruft er jubelnd, »du bist – nimm mir's nicht übel, Bruder – du bist ein Prachtkerl!«

»Lass mich, du närrischer Junge! Hörst du die Speiseglocke? Ich muss jetzt auch gehen, Toilette machen. Tue ein Gleiches – das heißt, schmücke dein Knopfloch mit einer Rose oder mit einer Myrtenblüte, denn heute versammeln wir uns zu einem festlichen Verlobungsmahl. Morgen wollen wir dann alle drei zur Stadt fahren und deine Geschäfte endgültig in Ordnung bringen. Fortan bist du der Langeweile enthoben.«

Bodo reißt erstaunt die Augen auf. »Langeweile? Das kenne ich nicht. Ein gescheiter Mensch langweilt sich nie.«

3. Ermenegildens Flucht

»Großer Gott – wie hübsch sie ist!«

In diesen Ausruf brach Dr. Reding aus, als er eine Fotografie erblickte, die dem eben erbrochenen Briefe beilag.

Edmund Reding war ein junger Arzt, der den Wunsch hegte, sich zu verheiraten, dem es aber – wie die gebräuchliche Phrase lautet – an Damenbekanntschaft mangelte und der als Ergebnis dieser beiden Umstände »einen ernst gemeinten Heiratsantrag« hatte inserieren lassen.

In dem kleinen mährischen Städtchen – mehr Dorf als Stadt – in welchem Dr. Reding als Bezirksarzt angestellt war, konnte er wahrhaftig keine passende Partie finden. Die Töchter des Landes waren hannakische Bauernmädchen oder bildungslose Krämerfräulein; die stolzen Baronessen im Schlosse waren natürlich nicht mitzurechnen, denn zu diesen durften sich die bürgerlichen Augen des Landarztes nicht erheben. Ins Schloss wurde er überhaupt nur für Dienerschaftskrankheiten berufen: Brach eine freiherrliche Migräne, ein herrschaftlicher Schnupfen oder ein hochwohlgeborenes Nervenleiden aus, so ward ein Herr Medizinalrat aus Wien herbeitelegrafiert.

Auf das betreffende Inserat waren ziemlich viele Antworten eingelaufen. Da Vermögen als zwar erwünscht, aber nicht als unumgänglich erfordert erwähnt worden, so meldete sich eine Schar von Kirchenmäusen.

»Auf Bildung wird der größte Wert gelegt« hatte zur Folge, dass die meisten Kandidatinnen große Fertigkeit auf dem Klavier besaßen, Französisch verstanden und für Literatur schwärmten. Der »erwünschten Häuslichkeit« ward durch Kochenkönnen und Geübtsein im Kleidermachen allgemein genug getan; und was das gefällige Äußere anbelangt, so waren sie alle schlank, »wie die Leute behaupteten, hübsch« und überdies bereit, ihre Fotografie einzusenden, wenn sich die »Diskretion« des Einsenders als »Ehrensache« bewiesen haben würde.

Unter all diesen Briefen stach einer hervor, dessen Schreiberin weder von ihrer Taille, noch von ihrem Klavier, noch von ihrer Kochkunst berichtete, sondern die überraschende Eröffnung machte, dass sie ein Vermögen von einer halben Million besitze und bereit sei, den ersten Besten zu heiraten, um der Tyrannei einer verrückten Tante zu entrinnen. »In der einsamen Gegend, die wir bewohnen, sehe ich weit und breit keinen Mann, sonst hätte ich längst schon einen aufgefordert, mit mir durchzugehen. Heute fiel mein Blick auf Ihre Anzeige, und da war mein Entschluss gefasst – ich schlage Ihnen hiermit vor, mich zu entführen. Einverstanden?«

Edmund Reding war einverstanden. Das Abenteuer gefiel ihm; – vielleicht war das Ganze nur ein Scherz, aber es konnte ja auch Ernst sein – auf dieser Welt kommt alles vor –; die Aussicht auf die halbe Million lächelte ihm zu.

Der Held dieser Geschichte ist nämlich durchaus keine Novellen-Idealfigur; er hatte weder die gebührende Geldverachtung, noch die genial veranlagte Natur, noch den idealistisch strebenden Geist, die männliche Unentwegtheit, den wallenden Blondbart, die athletische Muskelkraft und die edle Gemütstiefe – welche Merkmale am deutschen Familienromanhelden ebenso wenig fehlen dürfen, wie der Höcker am Dromedar. Dr. Reding war ein ungewöhnlich gewöhnliches Menschenkind, von einer Allgemeinheit, wie man ihr selten begegnet – in Büchern nämlich; er war gutmütig, hatte gesunden Menschenverstand mit einem Anflug von Geist, eine gefällige Erscheinung mit viel praktischem Sinn. Habgierig war er nicht, aber er schätzte das Geld und wünschte sich eins.

Eine solche Heirat! Das wäre freilich eine Wonne. Da er in seinen Fantasien nicht hochsegelnd war, hätte er ein ähnliches Glück nicht zu erträumen gewagt; sein Bestreben war einfach das, durch seine Praxis nach und nach zu einem behaglichen Auskommen zu gelangen und letzteres durch eine Heirat mit einem mitgiftbringenden Mädchen zu vergrößern. Er hatte zwar in seiner Anzeige Vermögen »Nebensache« genannt – aber das tat er nur, einmal um uneigennützig zu scheinen, welche unpraktische Eigenschaft für poetisch gilt – und dann in der Erwartung, dass sich unter den Bewerberinnen doch einige melden, die mit der Nebensache ausgestattet wären und eine Morgengabe von – sagen wir zwanzig- bis dreißigtausend Gulden, in Aussicht stellten. Diese würde er dann zur engeren Wahl aus der Masse ausscheiden.

So bescheiden waren seine Hoffnungen und jetzt kam plötzlich eine halbe Million daher und bat inständigst, man möge sie entführen. Es würde noch dazu eine ritterliche Tat sein, die unglückliche Erbin aus den Krallen des Tantendrachen zu befreien. Er schrieb sofort zurück, dass er einverstanden sei, nannte seinen Namen und Wohnort und bat um nähere Auskunft, wie und wo die beantragte Entführung auszuführen wäre.

Umgehend erhielt er Antwort. Dieser war die Fotografie beigeschlossen, welche ihm den Ausruf entlockt hatte: »Großer Gott, wie hübsch sie ist!« Es war aber auch ein Bild wie aus einem Keepsake oder Musenalmanach. Es mahnte ganz an jenen Schönheitstypus, den es einst Mode war, mit der Zutat eines Pfaues und einer Laute zu konterfeien – im Hintergründe eine orientalische oder italienische Landschaft, nämlich Säulen, Palmen, Gondeln, Marmorstufen, Springbrunnen und Draperien. Auf der Fotografie war von alledem nichts, aber die faustgroßen, schwärmerischen Augen, der herzförmige Mund, das Locken wallende Haar, der lange, in einen duftigen Schleier gehüllte Hals, die schmale Hand, die mit spitzigen Fingern die Schleierfalten aufraffte, das alles machte den Eindruck eines altmodischen Gemäldes. Darunter stand der Name »Ermenegilde«. Das Begleitschreiben lautete:

»Welch merkwürdiger Zufall! Mein künftiger Befreier wohnt in meiner Nähe. Ich habe denselben schon oft gesehen, wenn er in seinem Wägelchen die Landstraße entlang rollte – und er gefällt mir. Ja, Doktor Reding, Sie sind mir eine längst gekannte und sympathische Erscheinung. Noch haben Sie mich nie gesehen, denn man versteckt – oder vielmehr ich verstecke mich selber, denn ein großes Geheimnis, ein Verhängnis von Schauer und Wahnsinn schwebt über meinem Haupte. Ich muss befreit werden und will die Fesseln sprengen.

Heute ist es mir aber noch nicht möglich, Ihnen die verlangte Auskunft zu geben – mein Plan ist noch nicht gereift – aber ich bin fest entschlossen. Beiliegend mein Bild. Dass ich schön bin, weiß ich – dennoch werden Sie kein glücklicher Gatte sein – ich habe schon viel Unheil gestiftet und wilde Leidenschaften toben in meinem Innern. Es wird Ihnen übrigens freistehen, sich von mir scheiden zu lassen und der Anspruch auf die Hälfte meines Vermögens wird Ihnen Entschädigung bieten. Da ich eine halbe Million Rubel besitze, so werden wir beide nach der Teilung noch genügend reich sein.

Schreiben Sie mir nicht wieder, denn ich könnte – ohne dass es auffiele – kein zweites Mal zur Post schicken. Warten Sie ruhig zu, bis

Sie wieder Nachricht von mir erhalten. Sie werden nicht lange warten müssen – ich bin selbst sehr ungeduldig, meine Ketten abzuschütteln.

Ermenegilde.«

Dieser Brief versetzte den Empfänger in höchste Aufregung. Ein leiser Zweifel freilich, dass das Ganze eine Irrführung sein könne, war nicht zu unterdrücken – wie aber, wenn es dennoch Wahrheit wäre? Dieses schöne Mädchen, wild-leidenschaftlich, von düsteren Mysterien umgeben und im Besitze einer halben Million – Rubel noch dazu. Auf den letzten Brief hin hatte er sich schon gefasst gemacht, dass es vielleicht nur Mark – nicht Gulden – wären – und jetzt waren es gar Rubel.

Er schaute im Kurszettel nach, um zu berechnen, wie viel die im Scheidungsfalle auf ihn entfallende Summe in heimischem Gelde betragen würde, fand aber zu seiner großen Enttäuschung, dass das russische Papier furchtbar im Kurs gefallen sei. Er fühlte sich durch diese missliche Finanzlage des nordischen Reiches stark gekürzt, um nicht zu sagen betrogen, und ein aufrichtiger Wunsch erfüllte ihn, dass der nächste Feldzug Russlands ein glücklicher werde, oder dass unter den Moskowiten irgendein genialer Finanzminister erstehe, der die Staatsnoten wieder auf pari brächte. Lange betrachtete er die Fotografie. Welch träumerischer Blick und welch süß lächelndes Mündchen. »Wilde Leidenschaften?« Danach sehen die frommen Züge nicht aus – aber, stille Wasser sind tief. Wenn der Kurs auch nicht mehr steigen sollte, so macht die Hälfte der halben Rubel-Million doch bei 300 000 Gulden aus – Gott verhüte nur eine Revolution im Zarenreiche – ein Bankerott wäre fürchterlich – Fluch den Nihilisten! Ob sie die Tante in einen Turm einsperrt? Und verrückt ist diese Tante? Vielleicht ist der Wahnsinn in Ermenegildens Familie erblich und daher das düstere Verhängnis, welches über diesem jungen Haupte schwebte. Um 300 000 Gulden konnte man das Schloss und die ganze Herrschaft kaufen, wo die stolzen Baronessen walten. Die würden staunen, und ihre Mama, die unangenehme Frau Baronin, gleichfalls, wenn der Doktor daherkäme, diesmal nicht, um dem Koch den Puls zu greifen, oder sich von der Haushälterin die Zunge zeigen zu lassen, sondern einfach, um die Besitzerin zu fragen: »Ist Ihnen Kronstein feil, meine Gnädige? Das Anwesen gefällt mir – ich würde es gern akquirieren – selbst wenn ich es ein wenig überzahlen sollte.«

Was Ermenegilde doch für lange Nägel hatte – und diese Finger wären ja durch ein Nadelöhr zu ziehen – ob sie wohl in einer bösen Stunde einmal jemanden erdrosselt haben?

Edmund wurde aus seinen Träumen herausgerissen. Ein Bote aus Kronstein erschien an der Tür:

»Herr Doktor möchten ins Schloss kommen.«

Reding nahm Hut und Stock.

»Wer ist denn krank?« fragte er nicht ohne Bitterkeit. »Der Gehilfe des Stalljungen oder jemand in der Waschküche?«

»Die Gouvernante, Herr Doktor.«

»Nun, das ist doch schon eine Beförderung,« murmelte Edmund und machte sich auf den Weg.

Schloss Kronstein war von dem Städtchen nur durch einen Teil des Parkes getrennt – von der Wohnung des Doktors kaum fünfzehn Minuten entfernt. Es wäre daher nicht der Mühe wert gewesen, sein Wägelchen anspannen zu lassen. Er ging zu Fuß, elastischen Schrittes, gehobener Stimmung. Als er durch das Parktor schritt, kam ihm das Bewusstsein zurück, dass es vielleicht nächstens nur von ihm abhängen würde – falls er sich zur Überzahlung verstünde – hier als Eigentümer einzutreten. Aber wozu das Geld zum Fenster hinauswerfen? Es gibt ja preiswürdige »Realitäten« genug. Am besten, man kauft ein Gut, das unter den Hammer gefallen, da kommt man billig dazu – wie zum Beispiel das Haus, das er gegenwärtig bewohnte und das wegen Konkurserklärung seines Wirtes in einigen Tagen versteigert werden sollte. Auch das wäre ein vorteilhafter Kauf und ein hübscher Besitz – seinen bisherigen Ansprüchen im Grunde ganz genügend. Jetzt hatte er freilich glänzendere Aussichten.

In seiner Nähe weilte sie – doch nicht im Schloss Kronstein? Sonst wusste er keinen Ort ringsum, wo etwa Millionärinnen verborgen sein könnten – es sei denn die zwei Stunden weit entfernte Burg Reben, wo eine alte Dame wohnte – war dies vielleicht die verrückte Tante? Oder war sie vielleicht gar im Städtchen selbst verborgen?

Diesmal wurde Edmund Reding nicht über irgendeine Hinterstiege zu seinem Patienten geführt, sondern über die große Ehrentreppe zu den Privatgemächern der Baronessen.

Die jungen Damen waren in einem kleinen Salon versammelt, der an ihre Schlafzimmer stieß und wo sie unter der Leitung ihrer Gouvernante ihre musikalischen und literarischen Studien zu machen pflegten.

Clelia, Irmengard und Helene waren zwanzig, siebzehn und fünfzehn Jahre alt; alle drei bildhübsch. Die Erzieherin, Fräulein Erna Rittwitz, war ein schönes Mädchen von ungefähr neunundzwanzig Jahren – ihr Aussehen war jedoch viel jugendlicher. Auch in ihrem ganzen Wesen, in ihrer kindischen Heiterkeit eignete sie sich mehr zur Gespielin als zur Lehrerin ihrer Schutzbefohlenen; doch andererseits war sie durch ihre bedeutenden Musik- und sonstigen Kenntnisse vollständig zu der Stellung geeignet, die sie im Hause einnahm.

Die drei jungen Mädchen kamen dem Doktor bei seinem Eintritt entgegen und führten ihn in ein anstoßendes Zimmer, – das Gouvernantenzimmer – wo die Patientin angekleidet auf einem Sofa lag.

Fräulein Erna sah weder blass noch fieberhaft aus; ihr Puls war normal, ihr Blick klar – aber sie beklagte sich über heftigen Kopfschmerz, Appetitmangel, Schlaflosigkeit und Melancholie. Bei Nennung des letzteren Symptoms konnten die drei anwesenden Freundinnen ein leises Kichern nicht unterdrücken.

Nachdem er sich alle Krankheitserscheinungen hatte hersagen lassen, verlangte Reding ein Blatt Papier und schrieb ein langes Rezept. Er war keiner von den Ärzten neuerer Schule, die einem Übel gegenüber zugestehen, dass sie nicht wissen, was es sei. Auf die meisten Patienten wirkt solche Freimütigkeit auch nicht Vertrauen erregend. Sie lieben es, wenn der Arzt bei jedem Symptome verständnisvoll mit dem Kopfe nickt, als hätte er eben noch diese letzte Einzelheit erwartet, um ganz im klaren zu sein, und dann womöglich die verschiedensten Arzneien verschreibt, wovon die eine in Pulver, die andere in Pillen, die dritte »alle zwei Stunden ein Esslöffel voll« eingenommen werden soll. Dazu diätische Verhaltungsregel: Eine Liste von Dingen, die man nicht essen darf – während Kompott, Mandelmilch, Limonade erlaubt – Kamillentee, warme Umschläge und Senfteig auf den Füßen geboten erscheinen. Wenn nach solchen Verordnungen der Kranke nicht von der Überzeugung erfüllt ist, dass der Arzt in seinen Organismus wie in einen Glaskasten hineingeguckt und mit den bewährten Mitteln alle stattgefundenen Verrückungen wieder zurechtrücken wird, so ist dieser Kranke ein dem Vertrauen überhaupt unzugängliches Geschöpf. Wer hätte nicht erfahren, dass dem N. warme Umschläge, dem X. der Senfteig und dem Y. der Kamillentee geholfen hat? Und jetzt soll man die erprobten Mittel alle anwenden und noch dazu die lateinisch benannten Bestandteile, welche für den speziellen Fall eigens abgewogen und gemischt werden – das sind doch große Aussichten auf schnelle Heilung.

Für den gegenwärtigen Fall jedoch waren so viele Krankheitsbekämpfer nicht erforderlich, da im Grunde keine Krankheit, nicht einmal ein wahrnehmbarer Schnupfen vorlag. Gegen das vage Übel mussten auch vage Mittel empfohlen werden: »Bewegung, Zerstreuung oder am besten, Fräulein (das ist schon gar ein gewöhnliches Steckenpferd der Ärzte, unvermählten, reiferen Damen gegenüber), am besten eine Heirat.« Dieses hatte er leise gesagt und lauter fügte er noch hinzu: »Jedenfalls würde ich Erheiterung anraten.«

»Ich glaube, Sie haben recht, Herr Doktor,« sagte die schalkhafte Clelia. »Erheiterung muss gegen Melancholie ein gutes Mittel sein – etwa so wie ein Beefsteak gegen Hunger – aber woher immer das Beefsteak nehmen?«

»Das Fräulein leidet auch an Gedächtnisschwäche, Herr Doktor,« sagte Irmengard, »an Fieberfantasten bei Nacht und an unüberwindlicher Mattigkeit.«

»Hm, hm,« machte der Arzt bedenklich.

»Und an unerträglichen Launen,« sagte Helene.

»An Bosheitsanfällen,« bestärkte Clelia.

»Das muss ein unangenehmes Fräulein sein,« dachte Edmund im Stillen.

Er stand auf:

»Ich würde auch noch Eisumschläge auf den Kopf empfehlen – und einstweilen werde ich die Ehre haben, mich dies auch selber zu tun, meine Damen.«

»Sie wollen sich gleichfalls Eisumschläge auflegen und noch dazu im Akkusativ?« fragte Erna.

»Ich meinte, dass ich mich selber auch empfehlen will. Verzeihen Sie das schlechte Wortspiel. Aber auf dem Lande ...« Er verneigte sich und schritt der Türe zu.

»Nein, ich bitte Sie, Herr Doktor,« rief Erna, »bleiben Sie noch ein Viertelstündchen. Sie haben mir Zerstreuung verordnet: Zerstreuen Sie mich selbst ein wenig.«

»Ja, setzen Sie sich wieder, Doktor, und leisten Sie uns Gesellschaft,« bat Clelia.

»Sie sind sehr gütig, meine Damen,« sagte Edmund, indem er sich wieder setzte, »wahrscheinlich ist Ihre Langeweile groß.«

»Oh – unbeschreiblich! – Und diese zuwidere Jahreszeit dazu – der charakterlose März: weder Winter noch Frühjahr.«

»Es nimmt mich wunder, dass die Herrschaften heuer nicht, wie alljährlich, den Winter in Wien zugebracht haben.«

»Im vorigen November starb der Großvater; wir waren daher alle in tiefer Trauer und hätten in der Stadt ohnehin nirgends hingehen können, also sind wir lieber ganz hier geblieben. Künftigen Fasching wird das Versäumte nachgeholt werden.«

»Meine Damen,« sagte der Doktor nach einer zögernden Pause, »können Sie mir nicht sagen, ob in einem der nachbarlichen Schlösser eine Tante mit einer Nichte wohnt?«

Ein Zucken blitzte über die Gesichter der Mädchen.

»Um diese Jahreszeit,« antwortete Clelia, »gibt es nicht einmal Onkel und Neffen auf dem Lande – alle Schlösser der Umgebung sind leer.«

»Sind Sie schon lange in unserem Ort?« fragte jetzt Erna.

»Seit zwei Jahren, gnädiges Fräulein.«

»Mit Familie?«

»Ich bin nicht verheiratet – es fehlt mir ganz an Damenbekanntschaft.«

»Dann sind Sie ja wie jener junge Arzt, dessen Anzeige wir neulich in der Zeitung gelesen« – die Zeitung lag auf dem Tisch – »sehen Sie, hier.« Und dem Doktor ward die eigene Annonce unter die Augen gehalten.

Er errötete.

»Ja,« sagte er, »ich befinde mich in ähnlicher Lage.«

»Eigentlich,« dachte er im Stillen, »bin ich nicht mehr ohne Damenbekanntschaft, denn ich kenne jetzt die Baronessen und ihre interessante Erzieherin. Diese hätte vielleicht eine Partie für mich werden können. Hübsch ist sie, freilich nicht halb so schön wie Ermenegilda und natürlich ohne Vermögen, sonst wäre sie nicht Erzieherin.«

»Sagen Sie mir, meine gnädigen Baronessen, ist Ihnen in der ganzen Umgebung niemand bekannt, der in Russland Verwandte besitzt?«

Wieder schmunzelten die Mädchen.

»Wir selbst haben mehrere Verwandte in Russland,« sagte Clelia. »Aber ich wollte Sie auch etwas fragen, Herr Doktor. Ist es gefährlich, wahnsinnige Leute außerhalb einer Irrenanstalt zu lassen?«

»Wenn es tobsüchtige Irre sind, allerdings. Sie haben also russische Cousinen? Und weilt keine davon in Österreich?« »Doch – mehrere. Kann nicht jeder noch so stille Wahnsinn in Tobsucht ausarten?«

»Freilich wohl. Ist nicht eine von Ihren russischen Verwandten eine große Schönheit?«

»Ja – berühmt dafür. Und was geschieht mit dem Vermögen eines Menschen, der im Irrenhause ist?«

»Das verwaltet ein Familienrat. Führt Ihre Cousine nicht einen ganz absonderlichen Taufnamen?«

»Ich bemerke,« unterbrach Erna dieses Gespräch, »dass Sie da ein eigentümlich Frag- und Antwortspiel treiben, Herr Doktor und Clelia. Der eine hat eine russische und die andere eine wahnsinnige Geschichte im Kopf. Was bedeutet dieser Mischmasch?«

»Ich denke an unsere arme Ermenegilda,« sagte Clelia.

»Und ich auch,« rief der Doktor rasch.

»Sie kennen sie?« fragten die Mädchen gleichzeitig.

Edmund bereute seinen Ausruf. Damit hatte er das Geheimnis und vielleicht auch den Plan seiner Korrespondentin bloßgelegt. Aber die Eröffnung war eine zu großartige: Ermenegilda – eine Cousine der Baronessen! Aber, wie es scheint, wahnsinnig.

»Nein, ich kenne die junge Dame nicht,« sagte er laut. »Ich habe nur von ihr gehört.«

»Gehört? Sollte also ihr hiesiger Aufenthalt in der Umgebung bekannt sein – das wäre schrecklich.«

»Sie wohnt bei Ihnen?«

»Ja, im Gartenpavillon.«

»Aber, Helene, wie kannst du solch ein Geheimnis ausplaudern?«

»O, der Doktor wird uns gewiss nicht verraten.«

»Gewiss nicht, meine Damen, ich schwöre Ihnen die unverbrüchlichste Diskretion zu. Wenn es irgendeinen traurigen Fall gibt – Sie sprachen vorhin von Irrsinn – wo Ihnen meine ärztliche Erfahrung beistehen könnte, so erkläre ich mich bereit –«

»Nun, jetzt, da Sie schon so viel wissen,« sagte Erna, »sollen Sie auch alles erfahren –«

Irmengard, die beim Fenster stand, rief:

»Mama – Mama kommt zurück! Wahrscheinlich wird sie zu uns heraufsehen; ich bitte Sie, Herr Doktor, gehen Sie schnell. Wenn Sie unser Vertrauter werden wollen, so ist es besser, Mama findet Sie nicht bei uns.«

»Ja, gehen Sie,« sagten die beiden andern Mädchen. »Hier – durch diese Türe – Sie kommen da zur kleinen Stiege. Adieu, Adieu!«

Ganz verwundert ließ sich Edmund durch die Türe schieben und eilte die Treppe hinab, den Hof quer durch, zum Schlosstor hinaus. Am nächsten Morgen erhielt Edmund folgenden Brief von Ermenegilda:

»Kronstein, 31. März 1882.

Alles ist zur Flucht bereit. Kommen Sie morgen bei einbrechender Nacht in den Schlosspark zum Pavillon, der am Rande des Flusses steht. Sie finden die Türe offen. E.«

Gleich nach Erhalt dieses aufregenden Schreibens eilte Reding ins Schloss. Er wollte – unter dem Vorwande, bei seiner Patientin nachzusehen – die gestern unterbrochenen Mitteilungen der Baronessen hören und sehen, ob sie etwas von der beabsichtigten Flucht wüssten. Auch wollte er im Parke die Pavillongegend rekognoszieren.

Als er durch den Flur schritt, begegnete er der Baronin. Er blieb stehen und grüßte ehrerbietig.

Die Dame erkannte ihn und sagte freundlich:

»Wohin, Herr Doktor?«

»Ich komme nachzusehen, wie es meiner Patientin geht –«

»Hier im Schlosse? Wer ist denn krank? Mir wurde gar nichts berichtet!«

»Fräulein Erna –«

»Die Erzieherin meiner Töchter? Die befindet sich wie der Pont-Neuf – oder zu deutsch: pumperlgesund. Vor einer Stunde ist sie mit meiner ältesten Tochter ausgeritten.«

»Nicht möglich!«

Die Baronin stand vor ihrer Zimmertür. Und indem sie sie öffnete:

»Bemühen Sie sich herein, Doktor Reding,« sagte sie. »Ich wollte Sie um etwas befragen.«

Der Doktor folgte der Baronin in das Zimmer,

»Setzen Sie sich,« sagte sie, indem sie selbst Platz nahm.

Das Erste, was dem Doktor in die Augen sprang, war ein über dem Schreibtisch hängendes Ölbild – ein Porträt: Ermenegilda!

Sie war's. Dieselben Züge, derselbe mit den Fingerspitzen geraffte Schleier. Der Doktor war so betroffen, dass er kein Wort zu sagen fand.

Die Baronin begann zu sprechen.

»Was ich Sie fragen wollte, Herr Doktor, ist dieses: ich höre, dass das Haus, in welchem Sie wohnen – eigentlich ist es das hübscheste Haus am Orte – verkauft werden soll?«

Reding riss sich vom Anblick des Bildes los.

»In der Tat, ja. Der Eigentümer ist verschuldet und nächstens soll das Haus versteigert werden, was mir eigentlich recht unangenehm ist, da ich vermutlich meine Wohnung verliere.«

»Meinen Sie nicht, dass die Erwerbung dieses Besitzes eine gute Anlage für ein kleines Kapital wäre?«

»Vortrefflich, gnädige Frau!« sagte der Doktor, wieder zu Ermenegilden aufschauend.

»Sie bewundern dieses Porträt? Es ist allerdings wunderschön.«

»Es ist das Bildnis Ihrer Nichte?«

»Welcher Nichte? Nein – das Bild stellt meine Großmutter vor – sie war eine berühmte Schönheit. Alle Leute sind von dem Bilde entzückt. Neulich, als ein durchreisender Fotograf hier war, haben wir es auch fotografieren lassen. Aber um zu meiner Kapitalanlage zurückzukommen. Es handelt sich um ein kleines Vermögen von 25 000 fl., welches Fräulein Erna Rittwitz unlängst geerbt hat. Das Legat wird erst in sechs Monaten ausgezahlt werden – aber ich könnte die Summe vorstrecken, um die Gelegenheit mit diesem Hauskauf zu erfassen. Wie ich höre, trägt die Besitzung über 2000 fl. Zins und ausgeboten wird sie um 15 000 – das wäre ja eine herrliche Anlage für Ernas Geld. Mich interessiert das Mädchen; ich habe sie sehr lieb gewonnen. Sie hat vortreffliche Eigenschaften – nur ist sie zu ausgelassen lustig für eine Gouvernante – immer zu Streichen aufgelegt. Ich möchte sie gern verheiraten – an irgendeinen Notar oder Arzt. Jetzt fällt mir ein: Sind Sie verheiratet?«

»Nein, Frau Baronin,« antwortete Reding, die bewährte Phrase vorbringend: »Es fehlt mir ganz an Damenbekanntschaften.«

»Nun denn – wer weiß. Aber was sagten Sie vorhin – Fräulein Rittwitz wäre krank gewesen?«

»O, nichts Bedeutendes – ein Fieberanfall – ich habe eine Kleinigkeit verschrieben und heute ist das Fräulein wiederhergestellt – desto besser. Frau Baronin haben weiter keine Befehle? So werde ich mir erlauben, mich zu empfehlen.«

»Adieu, lieber Doktor, auf Wiedersehen.«

Edmund verließ das Schloss, in tiefes, tiefes Nachdenken versenkt. Unterwegs zog er nochmals Ermenegildens letzten Brief hervor.

»Für das Gespenst einer längst verstorbenen alten Schönheit hast du frische Schriftzüge,« apostrophierte er die Verfasserin des Briefes, »aber du hast unrecht getan, deine Zeilen mit dem Datum 31. März zu versehen, du wild-leidenschaftliche, wahnsinnige Millionärin!«

Am folgenden Nachmittag waren die drei Baronessen und ihre Freundin-Gouvernante im Gartenpavillon versammelt.

»Wisst ihr, Kinder,« sagte Erna, »dass ich unsern Scherz beinahe bereue – er gefällt mir ganz gut, der unglückliche Doktor, und es wird mir weniger Spaß machen, als ich voraussetzte, ihn auszulachen.«

»O doch,« rief Helene, »es wird eine königliche Unterhaltung sein, wenn er als Entführer daherkommt und seiner Ermenegilda die Hand zur Flucht reicht.«

»Der Arme ist in das Porträt unserer Urgroßmutter sicher rasend verliebt?«

»Und in die halbe Million Rubel.«

»Es war doch eine köstliche Idee von uns, diese Anzeige zu beantworten.«

»Ja – und die Überraschung, als sich herausstellte, dass der Einsender unser hübscher Stadtdoktor war.«

»Ist er das nicht schon – diese Gestalt dort auf der Straße?«

»Nein – o, er wird sich vor der Dunkelheit nicht hierher wagen.«

»Welches Glück, dass Mama heute wieder in die Stadt gefahren ist und wir so unsere kleine Komödie in Szene setzen können, ohne Furcht, gestört zu werden.«

»Also, wie ist das Programm?«

»Nehmen wir noch einmal unsere Rollen durch, damit wir die Sache gut machen.«

»Meine und Helenens Rolle ist nicht schwer. Wir sind hinter jenem Schirm versteckt und schauen der ganzen lustigen Szene zu,« sagte Irmengard.

»Mein Part ist freilich der schwierigste,« sagte Clelia, »ich muss die ganze große Rede halten. Erna, die Braut, hat sich nur schweigend und verschleiert zu zeigen.«

»Also machen wir eine Generalprobe,« schlug Erna vor. »Ich gehe in das Nebenzimmer und trete im geeigneten Moment heraus.«

»Ich stelle die Person des Doktors vor,« sagte Irmengard. Sie ging zum Pavillon hinaus und trat dann wieder ein, indem sie die Türe vorsichtig und langsam öffnete, wie jemand, der ängstlich einen geheimnisvollen Raum betritt.

»Sie hier, Baronesse?« sagte sie mit überraschter Gebärde zu Clelia.

»Ja, ich bin's, Doktor. Sie sehen in mir der unglücklichen Ermenegilda Vertraute. Ein Wagen steht draußen, der Sie zur Eisenbahn bringt. Seien Sie mutig und seien Sie standhaft, Freund. Diejenige, die Sie vor dem Schicksal retten sollen, in ein Irrenhaus gesperrt zu werden, harrt Ihrer. Hier dieses Kästchen enthält die nötigen Dokumente und das Vermögen – nehmen Sie.«

Irmengard nahm das Kästchen zu sich.

»Und wo ist die Holde?« fragte sie in schwärmerischem Tone.

»Hier kommt sie.«

Aus dem Nebenraum trat Erna hervor, in dichte Schleier gehüllt. Irmengard stürzte ihr zu Füßen.

»Glaubst du,« lachte Helene, »dass der Doktor so romantisch handeln wird?«

»Nun, irgendetwas wird der Held unseres Stückes doch tun oder sagen. Dieses warten wir ab, dann lässt Erna ihre Schleier sinken und auf dieses Zeichen stürzt ihr aus eurem Verstecke hervor und wir rufen gleichzeitig: Erster April!«

»Dieses Gesicht, das er machen wird!«

»Es wird sehr lustig werden!« »Findet ihr?« fragte Erna. »Mir kommt die Geschichte ziemlich matt vor. Aber da wir den Scherz einmal begonnen, müssen wir ihn ausführen. Und einen hübschen Begriff von unserer Würde, namentlich von meiner Gouvernanten würde wird sich der Doktor machen.«

»Aber Erna – wir posieren Gott sei Dank nicht für Ernst und Majestät – wir sind heitere Mädchen, und wenn der junge Herr nur einen Funken Verstand hat, so wird er mit uns lachen.«

»Doch, was würde Mama zu diesem Spaß sagen?«

»Sie braucht davon nichts zu erfahren. Und wenn – so ist sie von uns gewohnt, dass wir Streichemacherinnen sind. Warum vergräbt man uns in dieser Einöde? – Übrigens ist der Doktor ein angenehmer und gebildeter Mensch, und da wir keinen anderen Umgang haben – «

»Ja,« fiel Clelia ein, »ich werde Mama bewegen, dass sie Herrn Reding zum Essen einlade.«

»Aber es wird schon dunkel, lassen wir die Vorhänge herab, zünden wir die Kerzen an und jede an ihren Posten!«

Nach einer Weile rief die am Fenster wachende Clelia:

»Dort naht sich eine Gestalt – schnell, Kinder, versteckt euch.«

Irmengard und Helene verschwanden hinter dem Schirm.

Man hörte nahende Schritte. Jetzt öffnete sich die Tür – langsam und vorsichtig – gerade so, wie es Irmengard vorhin dargestellt hatte – und herein trat eine männliche Gestalt, in einen Mantel gehüllt und mit einer Maske auf dem Gesicht.

Mit Mühe konnten sich die Mädchen enthalten, bei diesem Anblick schon jetzt in Lachen auszubrechen. Der Doktor hatte in der Idee, ein Romankapitel zu erleben, sich maskiert – das war zu komisch.

Die Gestalt trat vor. Das erwartete Stichwort: »Sie hier, Baronesse,« blieb jedoch aus. Die Gestalt war stumm.

»Ich bin Ermenegildas Vertraute«, begann Clelia.

Unverbrüchliches Schweigen.

Clelia setzte die vorbereitete Rede fort und reichte zum Schluss das Kästchen hin.

Der Maskierte schüttelte verneinend den Kopf.

Wie, die Rubel-Million schlug er aus? Wieder eine Störung des Programms; auch rief er nichts in der Art von »Wo ist die Holde«, und so musste Clelia aus dem Stegreif sprechen:

»Die Braut ist bereit – sie wird gleich erscheinen – Sie stürzen ihr zu Füßen – reichen ihr den Arm zur Flucht – und mein Segen folgt auf Ihren Wegen. Ermenegilda!«

Die verschleierte Erna trat herein und die beiden Vermummten standen einander stumm gegenüber. Das passive Verhalten des Helden brachte die Komödie ins Stocken. Erna ließ nicht den Schleier sinken, die versteckten Mädchen stürzten nicht hervor – der krönende Ausruf mit dem folgenden Auslachen fand nicht statt: Kurz, der Spaß war am misslingen.

Da hob der Geheimnisvolle seine Maske und ließ den Mantel sinken. Jetzt war der Spaß gelungen – aber umgekehrt.

Der Entmummte zeigte das Antlitz des Apothekerjungen und ein um die Brust geschlungenes breites weißes Band, auf welchem in schwarzen Lettern zu lesen war: » Erster April«.

»Eine Empfehlung von Dr. Reding,« sagte der Junge, einen Brief übergebend – hüllte sich wieder in seinen Mantel und lief davon.

Jetzt erst brach das Gelächter der Mädchen aus. »Das ist uns recht geschehen! Ein gescheiter Mensch, dieser Doktor. Wie er uns durchblickt hat. Und wie tüchtig gestraft! Es lebe Dr. Reding! Aber was hat er uns geschrieben?«

Es war Clelia, die den Brief in Händen hielt und ihn erbrach. Sie las laut:

»Meine Damen! Ich verzichte auf die Hand der schönen Ermenegilda. Dagegen habe ich die Ehre, um diejenige des liebenswürdigen Fräuleins Erna Rittwitz anzuhalten.

Edmund Reding.«

Erna seufzte. – »Das ist auch nur ein Aprilscherz,« sagte sie.

»Nein,« rief Clelia. »Seht her, das Billett ist von gestern datiert: 31. März.«

Die Türe öffnete sich abermals und diesmal stand Edmund auf der Schwelle.

Die drei Baronessen klatschten in die Hände:

»Vorwärts, Doktor!«

»Bravo, Doktor!«

»Vivat Doktor!«

Edmund ging gerade auf Erna zu:

»Und was sagt meine Patientin!«

»Dass sie sich allen Ihren Verordnungen fügen wird, Doktor!«